侯园 著

十层人间

众生皆苦　悲喜自渡

江苏凤凰文艺出版社
JIANGSU PHOENIX LITERATURE AND ART PUBLISHING

图书在版编目（CIP）数据

十层人间 / 侯园著. -- 南京：江苏凤凰文艺出版社，2023.9
ISBN 978-7-5594-7958-7

Ⅰ.①十… Ⅱ.①侯… Ⅲ.①散文集 – 中国 – 当代 Ⅳ.①I267

中国国家版本馆CIP数据核字(2023)第158569号

十层人间

侯　园　著

责任编辑	张　倩
特约编辑	王城燕　王　迎　薛纪雨
装帧设计	水玉银文化
出版发行	江苏凤凰文艺出版社
	南京市中央路165号，邮编：210009
网　　址	http://www.jswenyi.com
印　　刷	唐山富达印务有限公司
开　　本	880毫米×1230毫米　1/32
印　　张	7.5
字　　数	160千字
版　　次	2023年9月第1版
印　　次	2023年9月第1次印刷
书　　号	ISBN 978-7-5594-7958-7
定　　价	58.00元

江苏凤凰文艺版图书凡印刷、装订错误，可向出版社调换，联系电话025-83280257

目录

第一层 | 起跑线
01. 不足十户人家的小村庄　　003
02. 再也回不去的家　　010
03. 百草枯有没有解药？　　017

第二层 | 天下父亲的养老梦
01. 永远攒不够的三十万养老费　　030
02. 有钱和命大，你会怎么选？　　037
03. 爸爸没了爸爸　　045

第三层 | 我在天上挑妈妈
01. 在鸡毛掸子下长大　　053
02. "钢丝球妈妈"和她的"猴儿子"　　060
03. 一根网线，两千公里　　064
04. 到底是谁在努力长大？　　070

| 第四层 | **爱情属于两个人，而不是六个人** |

01. 遇见他　　　　　　　　　077

02. 遇见她　　　　　　　　　086

03. 遇见光　　　　　　　　　093

| 第五层 | **愿世间再无"扶弟魔"** |

01. 我是我姐的哥　　　　　　099

02. 我的一句话，断送了她的未来　107

03. 我弄丢了我的第二个"妈妈"　115

| 第六层 | **爷爷说，以后过年别回家了** |

01. 爷爷奶奶"死对头"　　　　123

02. 一双滑板鞋　　　　　　　131

03. 坏老头　　　　　　　　　140

| 第七层 | **我的奇迹兄弟** |

01. 妈和教养的关系　　　　　145

02. 三千块的续命钱　　　　　153

03. "你猜她埋哪儿了？"　　　159

第八层	**凌晨的街头与朋友圈看不到的世间百态**
	01. 夜行人　　　　　　　　　　　　169
	02. 被钩机挡住的忙碌　　　　　　　177
	03. 活在"下水道"里的人　　　　　185

第九层	**穿着布鞋的人，怎么实现梦想？**
	01. 井底之蛙为什么不能爱唱歌？　　194
	02. 泥巴里头勇敢起舞　　　　　　　201
	03. 墨水理应有温度　　　　　　　　205
	04. 揣着六便士看月亮　　　　　　　208

第十层	**我在人间找自己**
	01. 起跑线　　　　　　　　　　　　215
	02. 天下父亲的养老梦　　　　　　　217
	03. 我在天上挑妈妈　　　　　　　　219
	04. 爱情属于两个人，而不是六个人　220
	05. 愿世间再无"扶弟魔"　　　　　222
	06. 爷爷说，以后过年别回家了　　　223
	07. 我的奇迹兄弟　　　　　　　　　225
	08. 凌晨的街头与朋友圈看不到的世间百态　227
	09. 穿着布鞋的人，怎么实现梦想？　228
	10. 我在人间找自己　　　　　　　　230

第一层

———

起跑线

* * *

每个人的起点都是一样的,这句话我信了整整二十年。从刚出生时的赤手空拳,到现在二十来岁的一无所有,我始终不明白自己到底差在哪里。

直到有一天,我的父亲如释重负地告诉我:"咱家欠了十年的债,今年就可以还清了。"

那一刻我才恍然大悟,原来活得很差的不只是我,还有我的家。

我的家,有翻沟里三个大车得亏命大还能活着的爸爸,有得病不想花钱差点喝农药了断了自己的妈妈,有自己生活艰难却还身患"扶弟魔"病症的姐姐,有跟着我馒头蘸调料却吃得津津有味的媳妇儿……

如你所见,我生活在人间黑暗狭窄的底层,但这并不妨碍我选择在微光的指引中向上而生。

为了不辜负老天赐给我的硝烟滚滚的生活,我毅然决然地决定迎接这苦辣人间。

* * *

01.
不足十户人家的小村庄

我的家乡——一个住着不足十户人家的小村庄，如果把两个没钱治病而选择轻生的奶奶也算进去的话，村里的人口数勉强可以凑到一个排的编制。

说到轻生，我怎么也想不明白，这两位奶奶连死都不怕，怎么就没有勇气活下去？

村子不大，短跑冠军苏炳添用不了9秒83就可以从村南到达村北。村子靠山靠水，却一年四季缺粮缺水。所以即使人数可以勉强凑够，但如果真把这个村子当后勤供应排，也是不合格的。

小农场总共有两辆三轮车，两辆手扶拖拉机，八辆摩托车，十处房屋（其中三处危房），三十亩找不到手续的地，八十棵树（其中一半被我小时候尿过），五十只羊（其中三十只被我骂过），四只狗（包含走丢了的那一只），六只猫（它们互相都有血缘关系）。

这个占地面积还没一个别墅区大的地方，承载着我的前半生，

承载着村里人的一辈子。

老人常说,走出大山就是有出息。所以无论走出去的人在外面干什么,去吃席时,他家里的老人都能把脑袋抬得老高,露出连一对大眼皮也遮挡不住的虚荣心。

这种行为是一种几乎无药可治的病——穷。

也许是因为穷,我的好胜心格外地强。从小到大,我总想跑得比别人快点,吃得比别人多点,就连斜刘海都想比别人长点。后来我右眼看东西模糊,左眼视力格外好,我终于明白,是要强的斜刘海挡住了我望向世界的窗户。

生活在这个穷困潦倒的小村庄,我小时候的梦想就是有朝一日能够凭借自己的努力改变我们的生活环境:让村里的孩子不再为上学发愁,让老人不再为吃不饱饭担忧,让顶梁柱们不再为糊口而外出务工。

小时候,我经常在村西头那条通向县道的水泥路上跑步。一百米的路,那时候可以跑二十秒。左边是大伯家的小麦地,右边是我家的玉米地,经常跑到一半就会冲进去大伯家的小麦地,躺在地里凝视天空。之所以没有躺进自家的玉米地,是因为妈妈说压倒了玉米秆就打断我的腿。

我看到这条路上有爸爸扛锄头的身影,那会儿他的发型还不是"地中海";有妈妈追着爸爸打骂的身影,那会儿妈妈还没有白头发;有姐姐和我学骑自行车的身影,那会儿姐姐还没有嫁人;有爷爷奶奶和我坐在驴车上去赶集的身影,那会儿他俩还不是挂在墙上的黑白照片；有李梦瑶的奶奶嗑着瓜子找我妈说闲话的场景，那会儿她还健在，那会儿也还没有李梦瑶……

这条路上承载着太多回忆。多年过去，这个世界飞速变化，但这条路却始终如一，没有变长，也没有变短，还是许多年前的那条水泥路。

许多年后，我并没有变得很有出息。没有给村子立起一根电线杆，也没有给村子修上便利的自来水管，更没有铺上哪怕一米的水泥路。

对于没出息这件事，除了我自己，似乎没人在意。

小时候在我家门口的大槐树下，曾有个大婶对我妈说："你这孩子以后准保好吃懒做。"我妈一直记到现在。

或许是大家听信了大婶的话，已经给我扣上了好吃懒做的帽子，所以对于我没有给村里做贡献这件事，他们倒也觉得理所当然。

也许是因为好吃懒做的天性，对于出身农村这件事，我非但不自卑，反而觉得庆幸和骄傲。就比如在农村到了饭点儿，我会学着大人的样子端个碗在村里转，一圈转下来碗里总会多上很多菜。如果换作在城里，我端着个碗在小区楼下转的话，大概率不仅吃不上更多的菜，反而被当作一个有精神病的傻子。

谁都想证明自己不是傻子，可是越证明就越像个傻子。

和城里打招呼的"你好""Hello"不同，在农村，大家更喜欢

问"吃了吗"。其实在爷爷那个年代,这不是打招呼,这是真的在问你吃没吃,没吃的话可以去我家吃。

虽然小时候家里没钱,但是我也没有过过吃不饱穿不暖的生活,吃不饱穿不暖的是爸妈他们。父母总是习惯性地把一切好的东西给孩子,然后自己吃苦受累。

伟大吗?他们可能根本不懂什么是伟大,只是竭尽全力地当好爸爸妈妈而已。

爸爸妈妈也有爸爸妈妈,当我有了孩子后,我还是习惯性地把好消息分享给爸爸妈妈,他们肯定也想分享给他们的爸爸妈妈。不过,不知道他们的爸爸妈妈隔着坟头,能不能听到这些好消息。

小时候,我很羡慕李梦瑶,是因为她家四世同堂,人多,热闹,虽然日子也不好过,但家人之间的感情非常好,在我记忆里他们生活得很幸福。

李梦瑶的爸爸的爸爸的爸爸耳背,他在耳背之前也不知道自己会耳背,所以也没学过唇语。今年九十多岁的他,每天总是笑嘻嘻的,我每次回家看到他时,都会跟他打招呼。

我说:"爷,干啥去呀?"

他笑着看我:"哦。"

我说:"你吃饭了吗?"

他笑着看我:"哦。"

李梦瑶的爸爸的爸爸每天都会放他那23只羊,比照顾李梦瑶还上心。李梦瑶的爸爸没大我几岁,喜欢玩《地下城》游戏,能一直玩到现在的原因是他能在里面挣点钱。我曾经也想通过打游戏来改变自己的命运，我努力了，可是最后没成功。没成功这事不能怪我，要怪就怪我妈。因为她威胁我说，要么把游戏戒了，要么就打断我的腿。

上次见李梦瑶时，她骑着还没我小腿高的三轮小车，站在地头看我爸点玉米秆。她看着火势很大，便急匆匆地扔掉三轮车，跑到我爸旁边大声喊："你点火，我要报警抓你，警察来了给你戴手铐。"

我爸逗她说："警察来了，也只抓不识字的人。"

李梦瑶当时害怕极了，跑到自己的三轮小车旁边，眼睛向上方翻着，字正腔圆地背起了《咏鹅》。

"鹅鹅鹅，曲项向天歌……白毛……拨清波……"

李梦瑶边背边紧张地望向我爸，我爸一本正经地望向空无一人的村口："来了来了！"然后大喊："李梦瑶在这儿。"

李梦瑶吓得小车都没顾上骑，"爸爸，爸爸……"地喊着跑回家去了。

就当我和我妈笑得上气不接下气时，李梦瑶躲在她爸身后又过来了，她用手指着我爸说："他让警察抓我。"

李梦瑶她爸问李梦瑶："为什么抓你呀？"

"因为我'鹅鹅鹅'没背下来。"

她爸笑着说："没背下来，就让警察抓走吧！"

李梦瑶朝着她爸的鞋子猛踩了一脚，飞快地朝着自己家的方向

跑了回去，边跑边喊："爷爷，爷爷，爷爷……"

我当时有一个念头，被三个男人捧在手心的小女孩，长大后不知道会不会变得无法无天。

转念一想，不管以后怎样，起码她在离开家之前，在这个完全属于她的世界里面，她就是他们的天。

是呀，谁在家里不是天？

只有离开家后才会发现，天外有天。

我家后院住着的是我的三爷爷，和我爷爷是亲兄弟，他的内向性格正好和三奶奶外向的性格互补。

自我记事起，我奶奶骂骂咧咧的形象就狠狠地刻在了我的脑海中。早上五点起床开始，骂天骂地骂鸡骂狗骂我爷，我就在这种"清新脱俗"的环境下慢慢长大。

爷爷奶奶不在了之后，每次看到三爷爷、三奶奶，我就会想起他们。

直到我去当兵之前，爷爷每天都会拄根拐杖、扛着锄头去地里锄草。那段我跑着只需10秒的水泥路，他却要花上10分钟。有时为了能顺路多采点药，爷爷得走出去很远，天黑之前一旦赶不回来，就会在大山里面迷路。他没有手机，只有一把随身携带的手电筒。

为此，爸爸经常在跑大车回来后，拖着疲惫不堪的身体上山找爷爷，又生气，又无奈。

爷爷一边说着他不想给别人添负担，一边隔三岔五地在深山里迷路。爸爸一边对爷爷又气又无奈，一边成为爷爷。

生活就是这样，有人鲍鱼海参、别墅豪车、灯红酒绿、环球旅行，有人为了糊口而挣扎在生活的边缘。

每个人的命运都不相同，我并没有见过很多悲惨的生活，不过我在穷苦的缝隙中，看到了更多向死而生的美好，他们是在挣扎，却是在为自己的希望挣扎。

勤劳，勇敢，善良，即使贫穷也从不可耻。

02.
再也回不去的家

在家长眼中,什么最重要?

是学习。我妈说了,穷什么不能穷教育。

我深知我妈寄予我的期望,所以我异常努力,即使努力的方向有所偏差:只在小学的时候获得过一次奖状,还是"卫生标兵"。

学校给学生设立很多奖项,目的是激发学生学习热情和培养才智体美素质。直到高考,我以289分的"优异"成绩与北大擦肩而过的时候,我才忽然明白,原来我真的很讲卫生。

于是那个身高一米七三,体重不到六十公斤,和学哥、学弟打架,毕业连同班同学都不认识,仿佛进错班级,长相酷似彭于晏的男人,踏上了"驰骋沙场"的征途。

报名参军入伍,我成功被录取。父亲回来告诉我被录取的消息时,眼神中透露出欢喜、疲惫和委屈,我知道他为我的事没少跑前跑后,也肯定以农民那套思维去跟别人打交道了。

虽然我也到了可以和父亲碰杯的年纪,但我必须承认,我没有父亲当年撑起这个家的能力。

来到部队的第一天,五湖四海的兄弟们就对天发誓一定要出人头地。当然,也有因为太想家而抱头痛哭的时候。

五年特战生涯,对我影响最大的莫过于新兵班长,他是个内蒙古汉子,满脸红斑,急了骂起人来虽然我一句都听不懂,但是气质被他拿捏得死死的。

内蒙古汉子好胜心强,我自小好胜心也强,所以班长把我当作他的尖刀,无论什么场合,只要他说不能放弃,我绝对宁死不从。所以我很少给班长丢脸,当然也有。

当兵第五年休假结束回到部队的时候,正好赶上单位武装五公里越野比武,听到这个消息的时候如五雷轰顶,一个月在家没锻炼身体,吃了睡睡了吃,这要上去比武了不一定能下得来,便想着看看怎么能逃过这一劫。

每次比武连队都有两个"死亡"名额,就是可以有两个人不用参加,我便厚着脸皮去找了班长,见到他之后又扭扭捏捏不知道怎么开口。

班长盯着我半天,他肯定知道我在想什么,就是等我开口。

我犹豫半天,他等不及了,问我:"你行不行啊?"

我就知道!但是我明知道他在刺激我,可就是受不了这刺激。

"谁不行谁是狗!"

这是我第一次让他失望,即使他事后并没有骂我,甚至晚上点名的时候专门表扬了我坚持不懈的精神,但是在我看来,这比杀了

我更让我难受。

以往无论政治素质还是军事素质，我在连队从来都是抬起头做人，数一数二的成绩经常让我飘得很高。但是这次比武，真是让我明白了什么叫作"捧杀"。

短短的五公里，刚开始的三百米大家就不见了踪影。虽然我双眼发黑，深知连队荣誉的重要性，但是我宁愿倒在地上也不想拖累战友，不想让大家给我背枪。

到达终点的时候，我只记得我身上的凯芙拉、枪和腰带等装具都没了，一路上拽着我跑的人都是以前被我拽着跑的人。

有两个同届兵看着我，笑得上不来气，问我是不是跑的时候喘不上来气，我说是啊，他说他们是用背包绳兜着我脖子，才跑完了最后一公里。

没想到我有生之年，竟能受此奇耻大辱。

晚上点完名之后，我虽然心里很不爽，但还是在小卖部买了一箱红牛给大家分了分，之前没买过，没想到这么贵。

我给班长送过去一罐，他笑嘻嘻地看着我，我猜不出他当时到底是笑话我，还是想要安慰我，但是我可以从他的眼神里感觉到，就好像我妈经常对我说：跌倒了没事，爬起来再跑。

我突然想到，这是我在连队的最后一年，以后怕是不能跑了。

时间这东西，过程无比之慢，回头看就好像一眨眼的工夫。

这五年有过绝望，有过深渊，有过与死神擦肩而过，取得过荣誉和掌声，吃过苦，也看过最美的黄昏。不过最重要的还是这个过程中，知道了自己为什么可以成为人。

世间走一趟，总会归于尘土，要么平凡，要么疯狂至死。

临走的时候，班长说："没什么东西送给你，送给你一句话吧！"

"上场没有退路，人生没有落幕。"

回家的高铁上，感觉怪怪的，为什么明明是回家，却感觉好像离开家一样。

生我的家，无论我走多远，我依然能回来。

可让我长大的家，在我长大之后，就永远、永远也回不去了。

大家喝着酒，说着战友就是兄弟，以后一定不能断了联系。我看着他们的脸，这是我五年来睁眼闭眼都能看到的脸，看过来看过去，都那个样。

有兄弟中途下车的时候，紧紧地握着彼此的手，嘴里的话变成了：有机会一定聚一下，下次再见了兄弟。

直到现在，大家都没有再见过面，有时想想之前的生活，却发现只能想起来我们经历过的苦难，却想不起来他们到底长什么模样了。

有时候，再见是为了更好的重逢，有时候，再见就只是再见。

快到临汾的前10分钟，闹钟响了，我拿上背包安静地走到高铁的卫生间里，拿出自己的常服穿上，对着镜子小心翼翼地挂上自

己的军功章,看着镜子里左胸前满满当当的荣誉,窗户透过来的阳光,让它们比我更璀璨夺目,我对自己说:挺着腰杆,敬礼手腕伸直,左手紧贴裤缝……

之所以坐车的时候没穿军装,是因为我不想让大家知道我是谁;下车之前我穿上军装,戴上我的荣誉,是因为我想让大家知道我爸妈是谁。

这些荣誉,是属于他们的。

我跑步到他们面前,对着他们敬了个礼,我知道很多人都在看我们,这一刻,我为我的爸妈感到骄傲。

于是我带着我的骄傲,合上了我前半生的剧本,拉开了后半生的帷幕。

回家之后,我的家还是那个用9秒83就能跑完的村庄,不过有两位老同志因为生活原因,选择调离另一个世界工作。

这件事发生在我当兵的第三年和第四年,爷爷奶奶也在第一年和最后一年相继离世。我当兵的五年里,老天好像是在洗牌,把家里的老弱病残人员刷新了一遍。

发生在第四年的还有另外一件事情,就是妈妈得了很严重的乳腺癌。

那段时间连队正在组织驻训,我连着好几天做梦,梦见我妈得了病没了,半夜老是哭醒。那几天我害怕极了,终于等到连队休息,赶紧给我爸打电话,让他带着我妈去检查。我妈还说我多心,笑话我幼稚。

之后连队便开始紧锣密鼓的演习准备，这段时间我也很少跟家里打电话，后来我发现我爸和我妈基本不跟我视频，总是打电话。这是件非常诡异的事情，因为一般情况下，只要我休息、上厕所他俩都恨不得开着视频。

直到我姐告诉我我妈已经确诊的时候，我才和她通上视频，那会儿的她因为化疗掉光了头发，还专门让我爸买了个假发，她害怕我看到她不美丽的样子。

后来我跟连队专门请了事假，提前在楼下理发店理了光头，穿上军装，来到我妈的病床前，敬了个当兵以来最标准的军礼，我怕她看到我不懂事的样子。

所以说，你做的一切，老天不是看不到，只是一旦你动了心思，便看不到老天了。

之后我一直努力善良，我会给路边流浪汉递根烟听他的故事，会捡掉山上滚落在路中间的石头，会尽量做我认为正确的事情，因为老天的恩情是需要还的。

但是我希望我永远都别还清，这样我就能永远善良，因为我相信：善良的人，运气都不会差。

妈妈得病的时候，说得最多的一句话就是："咱别治了吧，浪费钱。"我猜当时她的心理跟村里两个奶奶的心理是一样的。她们两个也是在得病花了很多钱之后，不想给家里人添负担……

我知道她说这话是出于真心，但于我而言却是最大的谎言，就和小时候听到那句"妈不吃""爸不累"一样。

　　其实他们的选择没有对错，不过是年纪大了想给后辈留点余地。他们只想自己走了之后，家里人可以过个好年，却没想过他们承载了多少家人的牵挂。他们的这个选择，会让这个世界上的一些孤单的人，没了妈妈，没了老伴，没了奶奶。

　　电影《我不是药神》里说，这世界上只有一种病，穷病。

　　生活的琐碎，吐出来矫情，咽下去辣嗓子，百般委屈涌上心头，话到嘴边又觉得不值一提。生活就是这样，又难过又难说。

03.
百草枯有没有解药？

在我的印象中，我妈是个特别厉害的角色，我、我爸和我姐都怕她，在家里基本说一不二。爸爸是最不厉害的那个，还总爱喝酒，所以他们两个人总是吵架。

直到后来，我知道吵架必须要两个人一起说话才算吵架的时候，我才发现，原来爸爸一直都是在"受欺负"，并不是吵架。

从小到大爸爸从来没骂过我、打过我。我小时候不懂事，有一次偷偷玩我爸的手机，那会儿手机上有很多游戏，小孩子永远对游戏没有抵抗力。

仅仅是因为中间需要发个短信才能继续玩，我爸就被莫名其妙扣了四十块话费，那会儿他起早贪黑跑大车一天都挣不了几十块钱。

虽然四十块并不会对我的未来造成影响，但是在爸爸心里，肯定又加深了我不懂事的印象，可能这件事他早就忘了，但是这个游戏制造商让我记到了现在。

妈妈因为爸爸喝酒的事，在小镇上早已名声大噪，大家都知道

我妈除了爱干净就是特别厉害，所以很少有人招惹她。

如果爸爸不喝酒的话，或许大家会发现，我妈除了爱干净，还很善良。

噢，这样讲的话，我爸岂不是更善良？

其实我妈只对我爸"不善良"。为了不让我爸喝酒，我妈让他睡过平房顶，还砸掉过家里几十箱的酒。

为此爸爸清醒之后，曾信誓旦旦地对妈妈说："我以后，再也，永远，都不会喝酒啦！"

就在昨天还说了一遍，村口的狗听了都直摇头。

在爸爸口中，喝酒是为了结识人脉。跑大车需要人脉，因为要别人给自己介绍活，所以他是逼不得已才喝酒。

后来我才知道，那些人介不介绍活先不说，他们就喜欢吃吃喝喝。爸爸老实，所以大家都喜欢给爸爸介绍活，可最后没几个干成的。

我有时候也为此很生气，可说了他又不听，说我不懂这社会的人情世故。

但那些一门心思钻进钱眼里面的人，没有人情，只有世故，不会善良，只会利用善良。

他俩都有自己的苦衷，但都是为了为对方负责。

爸爸从来不跟我们解释，妈妈和他吵架，他也不当回事，以前妈妈发脾气，我和姐姐吓得不敢动筷子吃饭，爸爸吓得不说话，后来才知道爸爸根本不是害怕。

是多一事不如少一事。

我在这样"多姿多彩"的生活环境下长大，回忆起来都想抱着爆米花。那会儿特别羡慕有些同学，他们的妈妈温柔体贴，从不说脏话，那样家庭的孩子出门都带着与众不同的气质。

后来妈妈得病之后，虽然治好了，可性格与以前相比有着天壤之别。

她没有再骂过我，更没有打过我，按理说这已经是我理想中的生活，可我很害怕，我怕她想不开。

我发现她看我的眼神开始变得害怕了。

她小心翼翼地跟我商量，温柔体贴地给我讲道理，我不知道她是不是害怕我以后不养她。

反正，她开始时时刻刻看我的脸色。

所以有时候我很奇怪，当我没端好碗把饭洒地上的时候，我第一反应是害怕地看她有没有生气，而她会看我会不会发脾气，然后急促地弯下腰收拾我犯的错误。

她在属于她的青春里没有过上好日子，终于熬完了自己最美的时光，却依然没等来好日子。

她年轻的时候穷怕了，拼尽全力地攥紧拳头，现在穷习惯了，却为了讨好我而握紧双手。

所以我要更快地长大，为了不让她再穿几十块钱的衣服，别几块钱的发卡，用几块钱的护肤霜，零下十几摄氏度却舍不得开取暖器，洗澡舍不得开暖风，高跟鞋的跟粘了八百回还在穿，为了让她

得病不再想着拖累家人……

所以我要趁着她还没有变成老太婆，抓紧时间长大。

之前看过一则新闻，某个富二代在朋友的介绍下才知道竟然还有外卖这种东西，说："没想到竟然还有这么便宜的好吃的。"

我还没来得及自嘲，新闻后面又来了一句：

"她一口气点了三千多块钱……"

隔天有个朋友就给我发了个微信：

"兄弟，快帮我砍一刀！"

去KTV的时候，我们会挑下午搞活动的时段去；去网吧，会等到晚上9点后半价；去饭店，也一定会找一家门口写了"今日特价"的饭店……

一次我和朋友出去吃饭，我们坐在商场楼下的烧烤摊，看旁边的高档酒店灯火通明，我们在想：那里面一顿饭能消费掉几千上万元，真的会有人去吗？高档商场里面，一件衣服动辄几千上万块，真的会有人买吗？

直到后来互联网兴起，我才知道，可能除了我自己，大家都能吃得起几千上万的食物，穿得起几千上万的衣服。

不得不承认，网络让我产生了真实的错觉：全世界只有我，活得最失败。

我当然明白这背后的种种，所以我不愿让自己出现在虚幻的网络世界中。

初二的时候,我每天的心思不在学习上面,而在和同学比吃穿上面,他们吃三毛钱的干脆面,我就得吃八毛钱的"小康家庭";他们穿着运动套装,我就得穿带帽子的印着大写英文字母"ADIDASI"的衣服;他们染个黄毛,我就得理个"杀马特"……

我还曾要死要活地想染个白发,后来在我妈"温柔体贴"的态度下,宣布放弃了。

我妈举着擀面杖:"要么它断,要么头断!"

那会儿我们可不管爸妈是做什么的,只要自己在学校不丢脸就行。

小学的时候,学校让我们填信息,老师问我:"你爸什么职业?"

我说:"解放牌机动车运营管理。"

老师说:"你爸不开大车的吗?"

然后就给我爸扣上了务农的帽子,又问我:"你妈什么职业?"

我说:"管理务农。"

老师问二狗:"你爸什么职业?"

二狗:"高危井底矿物质开采。"

老师:"你爸不下煤矿了?"

二狗:"就是下煤矿呀。"

后来我才知道,原来除了在单位上班,剩下的都叫务农。

无论哪个年代的孩子,都会有攀比心理,比的不是自己的能力和未来,而是自己的表面。

长大了才发现,长得帅穿得好有什么用,去工地领盒饭又不能

插队。

那会儿学校很多同学的家里都有电脑了,而我家条件不是很好,所以即使告诉自己"你已经长大了该懂事了",可还是阻挡不了虚荣心作祟。

妈妈面露难色,拒绝过我很多次,最后只能说"如果你这次考试能考到前五名,就买"。

于是我异常用功,没想到我竟然开始学习了。

考试的时候,之前一直排名倒数的我考了第七名,这是个多么让人激动的事情,回家的路上我笑得比第一名都开心。

回到家后,没想到妈妈告诉我,说好的前五名,没考到就是没考到,下次考到了再说。

我心想我这么用功,最后还是没能没达到她的要求,可她怎么会知道我付出了多少努力。

于是我一哭二闹三上吊,义正词严地对她说,你知道为什么我学习不好吗?是因为大家都有电脑,大家接受的都是高等教育,而我只能接受有限的基础教育。

妈妈一听跟学习挂钩了,于是一咬牙,让我爸把过年的钱拿了出来,给我买了个电脑。

电脑买回来后的三年时间里,虽然我的成绩并没有发生太大变化(在倒数后五名之间徘徊),但是我的电脑也算发挥了它的作用:在所有同学中,我打游戏的水平够他们练上一辈子。

当兵刚回来的时候,看到这台电脑,想试试还能不能玩,却发现早不知道坏成什么样了,开机都开不了了。

我掀开妈妈盖在电脑上的布,除了"W""A""S""D"四个键有褪色,电脑被我妈擦得干干净净,像是新的一样。

买它的时候,妈妈就把它当作改变我命运的神圣之物,即使它已经坏成了废品,可是在妈妈眼里,它依然珍贵。

我又想到上学的时候,妈妈不同意买它,我在从学校到家的那段路上,不顾旁人的目光撕心裂肺地边跑边哭。

我那会儿在想,妈妈根本不知道,为了得到这个电脑,我付出了多少努力。

那会儿我也根本不知道,爸爸妈妈为了买这个电脑,付出了多少努力。

穷让他们付出了代价,也让我体会到了,代价下的卑微幸福。

虽然从小到大,过生日没吃过蛋糕,没进过星巴克,没坐过过山车,没参加过任何派对,但是并不影响我摆脱穷的决心。

我不想穷,所以我没选择打工,因为多少工资都支付不起这世间的任何一种大病的费用,所以我选择了另一种生存方式——创业。

创业初期的时候,穷得晚上睡不着觉,很多次都想放弃,每天都很向往电子厂拧螺丝的生活,但是幸亏身边还有一个能一直鼓励我的女孩子。

她宁愿放弃很好的生活来到我身边,跟我吃路边摊,无条件支持我所有的决定,我知道她有她的理由,所以我问她为什么,她说

我长得帅。

最难的时候，我们两个人吃一碗刀削面都心疼得要死，在菜市场买菜都是一根一根买，一根葱都要货比三家，一根葱三毛钱人家不卖，她说半天好话然后丢下五毛钱，还非要人家找两毛钱。我说你可别丢人了，不用找了，又不是没这条件。

我一度能从她身上看到我妈的影子，因为一个人对你好不好，**和自己妈作比较就好了。**

为什么这么说呢，有次去逛街买衣服，刚进店里，服务员就对着她礼貌地说：给儿子买衣服来了？

她每天都很开心，就连在我最难的时候她都会说："都会过去的，我相信你。"那姿态像极了我们指导员做战前动员，每次看到那坚定的眼神，我知道，前面就是刀山火海我也得跳。

因为，这个世界没几个人会这么信你，既然有，那就得为她义无反顾、奋不顾身。

既然摆脱不了穷的标签，那就先做穷的代言人，我又不害怕失去什么，因为本就差不多一无所有，正处于人生最低谷，所以每走一步都是进步。

穷不可怕，怕穷才可怕。

治愈穷病最好的方法，就是在根源上摆脱穷的思想。

现在我也成立了自己的工作室，从一无所有到今天满怀希望，取得了一些令旁人羡慕的成绩，这离不开那些一直不离不弃陪伴在我身边的朋友，感谢你们在我成长的道路上帮我撑伞，也感谢那些阻拦我的朋友，帮我坚定信念。

每个成功的男人背后都有一个女人，而我有两个，不对，三个！写下这段文字时，我的小棉袄刚好在我旁边看着我咯咯地笑……

虽然每个人的起点都不一样，有的人出生含着金汤勺，有的人穿布鞋蹚过人生路，但这些并不影响我们奔赴自己的未来。

时间不会因为我们累了、哭了就暂停一会儿，也不会因为我们悔恨就倒退回去。我们能做的，就是别停下来，沿着自己想走的路，勇敢地走下去。

成长的路上虽然有太多波折，但我们不能忘记善良与感恩，要知道，我们遇到的每件事，也许都是上天安排好的剧本。

所有的苦难，都不是白白经历的，这一切都是为了让我们明白某个道理，如果我们明白了，就抬起头面向下一道苦难。如果明白不了苦难真正的含义，我们就只能永远徘徊在苦难当中。

在《人民日报》中看到过一句话：再见少年拉满弓，不惧岁月不惧风。

如果有一天，你不再寻找爱情，而只是去爱；你不再渴望成功，而只是去做；你不再追求空泛地成长，而是开始修养自己的性情，那么你的人生，你的一切，才刚刚开始。

　　成长的道路上，有过狂风暴雨，有过雨后彩虹，有过悲欢离合，也有过久别重逢，我们正是在这些起起伏伏中慢慢长大。

　　趁着今天，来给自己的曾经，做个总结吧。

第二层

———

天下父亲的
养老梦

＊＊＊

在我们这个地方，爷爷那辈取名字取得特别离谱，他们喜欢用动物名来给小孩取名，比如"骆驼""狗子"，还有用工具来命名的，比如"粪勺""勾担"，美其名曰：名字越土越好养活。

我的爷爷没有文化，种了一辈子地，取名字这件事对他来说可比种地难多了，为了取一个既能大展宏图，又像自己一样脚踏实地的名字，可谓煞费苦心。

我的父亲——小鸟娃，身高不到一米七，体重不到六十公斤。他生性老实，爷爷所有的优良品格都被他继承了下来，比如吃苦耐劳啊，脚踏实地啊，沉默寡言啊，其中还包括"地中海"的发型。

爸爸这辈子呢，没有什么远大的理想抱负，种好地，开好车，养大我和姐姐，不让妈妈骂他，喝酒不被抓住就是我记忆中的他。

在我不到十岁时，有一天，村里的一位办公人员拿着手续来到我家，说让我签一份文件，是赡养父母保证书。

保证书上面写得很详细，大概意思就是如果以后不孝顺不管老人要被罚款，再把被罚的款交给老人。

我妈和我爸为了这件事还专门商量了一下，然后把我叫到他们面前问我，说："你以后会孝顺吗？"

我说肯定会啊。当时这么说并不是害怕交罚款，我是怕被办公人员笑话。

我说得义正词严，不知道我爸妈是不是信了，反正罚款金额那里填了五百块钱，我妈说养不养无所谓，主要害怕我交不起罚款。

我说："害怕我交不起还填五百块钱？"后来我才知道，原来五百块钱，是保底。

现在我和朋友出去吃饭动辄就会花费五百块钱，有次付款的时候忽然想到这个事情，心里非常惭愧。

爸妈的未来，才值一顿饭钱。

* * *

01.
永远攒不够的三十万养老费

爸爸的名字虽然注定成不了大人物,但他有个很大的理想——挣够三十万给自己养老。

为了这个目标,他干电工、做豆腐、垒砖砌瓦、开大车……在他的能力范围之内,基本什么工作都干过,所以家里的活除了与计算机相关的,什么都是他来。

为了攒够三十万,他还带着我妈去江苏电子厂流水线打过工。这是他俩第一次走出大山,没想到是以这种形式接触外面美好的世界。

刚去一个月,爸爸就给我打电话,说这里管事的人员很凶,二十多岁的小伙子指着他俩的鼻子骂爹骂妈。

这时他俩才明白,除了家,似乎并没有那么美好的地方。

他俩第一次走出家,偌大的地方举目无亲,唯一欣慰的是还能打电话给他儿子告状,他们并不希望我能做点什么,就是想给我讲讲他们的委屈。

我在东北，他俩在江苏，相隔2146公里，我只能安静地听着，我能想象出一个跟我年龄差不多大的人，凶神恶煞地用手指着他俩的脸，讲着没教养的脏话。

我能想象到来自农村的妈妈，对于陌生的恶意不敢还嘴不知所措，紧张又害怕的心情。

也能想象刚到城里一个月，工资还要等人结算的爸爸，为了保住这份工作，不敢给妈妈出头的无助，和来自男人的卑微的尊严被无视的感觉。

当时我在电话这头，气到拿着电话的手发抖，我甚至一度对自己产生了怀疑，因为我每天都在喊着"要出人头地"的口号。

后来妈妈说她在那边也碰到了很多善良的人，帮助了他俩很多，对于骂他们的那个小领导，她也没有太在意。

毕竟在善良面前，恶意总是不值一提。

所以如果你有幸看到这篇文章，我想告诉你，我们对每个陌生人都要保持善良，尊敬有缘相见的每个长辈。我对每对我见到的"爸妈"好点，你们对你们见到的每对"爸妈"好点，说不定下次帮助"爸妈"的人，就是我们其中一个。

因为正向循环的善良，迟早会降临到自己头上。

农民没有见过外面的世界，自然也没听过这么恶毒的语言，所以他俩坚持了三个月就回家了。爸爸还是操起了他的老本行——开大车。之前他嫌开大车没日没夜，太累，经过这一趟之后，他还是感觉开大车得劲儿，起码自由，不挨骂。

从我记事开始，一直到现在，他都是陪着大车度过的。

大车可以说是他的命。我一直都认为，在他心里，大车比我妈和我姐还有我都要重要。

也正是他忙于工作，导致了缺少他对我的教育。老话说做人随母性格随父，做人我是随了我妈，性格方面却没随我爸。

我上学的时候特别叛逆，当时的状态就是：这个世界上，除了我妈，任何人都制约不了我。

害怕我妈是因为我妈是真打，家里除了扫地的笤帚，还专门备用着一把打我的笤帚。多少年来，我家扫地的笤帚都是打我坏了之后，退到二线用来扫地。

我在学校总是惹事，常常和学习不好的同学打架、逃课、偷偷抽烟，校长管不了我们，走投无路下只能专门成立一个差班，说是怕影响好学生学习。

说实话，在我上学时碰到的大部分老师都善良且有责任心。唯独他，我们的班主任。

听说是为了干出业绩，才主动担任起教育我们的职责。

他不教学，只管理我们。为了显示出他是一个特别称职和有威严的老师，所以经常会拦下各种各样的脏活累活，给我们差生干。

刚开始他还算客气，毕竟是让我们帮他出风头，所以管得也不算很严，但是后来看着我们还挺听话，就开始给我们加猛料，经常对我们进行言语羞辱，甚至动手体罚。

好像从那时候，我更加明白了一句话：人善被人欺，马善被人骑。

那段时间我们过得很是压迫。有天下午的体育课，一个班正在篮球架下面热身，我们却只能被安排在篮球场上捡石子。

我站在篮球场的外围看着这个场景，心里翻江倒海。

"好学生"做着热身动作，慵懒的阳光照在他们脚下，他们互相憧憬着过会儿的体育活动；"差学生"蹲在地上，垂下的头发挡住了阳光，他们在影子里面摸索着地下已经被捡完的石子，每个人都在磨洋工，静悄悄地等待着班主任的下一个指令。

同样是青春，同样是岁月，同样的阳光，却照在不同的地方。

我站在这里还没两分钟，班主任就两手插兜气势汹汹地走到了我面前，问我："站这儿等菜呢？"

"我想上体育课。"我看着班主任小声地说道。

班主任冷笑一下："语文课不想上，数学课不想上，想上体育课。"

虽然他说得很有道理，但是当时我心想，我们凭什么每天都要听他的，没有一点选择的权利。

我气愤地说道："那他们为什么能上？"

班主任抽出来裤兜里的手，开始比划着操场长篇大论。

"首先学校是有规章制度的，每个人都有每个人的职责，老师的任务是教书育人，门卫的职责是保证学校安全，好学生的职责是好好学习，你们的职责就是保证好学生能有好的学习环境……"

班主任讲完，面带嘲讽地看着我："白天的任务就是听老师的话，晚上的任务就是睡觉，而现在的任务就是捡石头，懂了吗？"

此时蹲在地上的人都抬头看着我俩，让我感觉很没面子，于是愣在原地不知所措。

班主任看着我无动于衷，朝着我脑袋打了一巴掌："愣着干啥，耳朵坏了？"

我脑袋嗡的一下，往后退了两步，他这一巴掌给我打清醒了。

我们是差学生，但是并不代表我们就不配进教室，我们挥霍青春，并不代表我们不配拥有未来。别人无权给我们贴上任何标签，无论差学生也好，混混也好，还是没出息也好，任何标签都不应该是别人贴给我们的。

我站在原地没动，他又走到我面前，似乎大家的目光让他很没面子，于是对着我大声吼："捡石头！聋了？"

当时感觉他这副样子很可笑，像极了世界末日找地洞的仓鼠，我坚定地、安静地对他说："不可能。"

说出这三个字的时候，我知道我肯定会付出代价，但是就算付出代价，我也要给我们"差学生"一个答案。

这个世界存在一些角落会有压迫，有不公正，我们每个人都会被别人贴上各种各样的标签，但是为了生活，为了手中心中拥有的东西不丢失，我们总是委曲求全，活在自己给自己创造的阴霾下。

但是我们往往忽略了内心最淳朴的东西，就是真实的自己。

这个世界，只有自己才能真正了解自己，只有自己才能做到，对得起自己的内心。

无论哪个职业、哪类人群，有好人就会有坏人。后来我之所以能形成现在这种性格，跟那次事件有直接关系。

就好比猫抓老鼠，对于善良的人，我尽可能地付出我的善良；

对于阴险狡诈之人，我绝对会花费我大量脑细胞和这类人打交道。而对于陌生人，我也会用善良去试，虽然试错成本很大，但是我始终相信，善良的人还是会占据大多数。

首先，我不慈悲，其次，我也要生活。

对于那次跟老师吵架，直到现在我都深感愧疚，但是让我后悔的另有一件事。

我被叫到办公室，校长给我家里打电话："来接下你孩子，他被开除了。"

等了差不多半个小时，我妈火急火燎地来到学校，刚进门二话不说，甩给了我一个耳光，打得我耳鸣。每次犯了错，她都会说等回家解决，这是她第一次当着外人的面打我，反正我挨打习惯了，她也习惯了。

可是旁边的老师和校长愣在了原地，不知所措。

我妈打完我，就回头找校长说情，说孩子还小不懂事，可校长说这次必须开除，已经给过我很多机会了。

第二天一大早爸爸去了学校，开了一夜大车的他明显浑身疲惫。我们镇子不大，大家互相之间都认识，爸爸没搭理我，走去找校长，我站在很远的地方看着他，心里正盘算着出去干个什么工作好。

我一晃神的工夫，猛然看见，我爸他竟然要跪下。

我转头看了看周围，发现同学们正在做早操，老师和同学都看向他，我想，他是不是不知道有这么多人看着他。

又或许，他正想这么多人看着他。

他是想代替我，向这么多人证明，孩子知道错了。

一直以来，我都很憎恨他的懦弱，村里人都说他老实，听着像是在夸他，而大家想表达的含义是他总吃亏。

所以从小到大，我一直告诫自己，做人不能像他一样。

也是这个原因，导致我进了社会之后，明里暗里吃了很多亏，就是因为性格硬，不会示弱。

当我有了自己的家庭，知道了柴米油盐贵之后，也知道为了挣钱要迫不得已低下头的时候，我才终于明白：

想要在这个社会生存下去，有时懦弱也是必修课。

爸爸的举动虽然让他很丢脸，却让我安安稳稳地度过了初中三年，那会儿爸爸指着我对校长说："只要不开除他，怎么样都行。"

或许爸爸以前也是个天不怕地不怕的小伙子，但是变成如今这般模样，应该是对于自己的家庭，明白了责任的含义。

所以我把"懦弱就是责任"写在了笔记本上，作为我长大之后的座右铭。

02.
有钱和命大,你会怎么选?

因为我爱捣乱,所以家里除了日常开销,赔给别人的医药费也成了一笔不小的费用。

对本就含辛茹苦的爸爸来说,更是雪上加霜。

我长大的过程中,他曾把三辆大车开翻进了沟里,卖了废铁。其中最危险的一次,是在我上小学时的某个冬天。那会儿的公路旁还没有护栏,盘山公路建在悬崖之上。

爸爸开着大车在弯弯绕绕结了冰的公路上穿行,谁都没想到,在一段下坡路段拐弯的时候,大车侧滑了。

眼看马上就要冲进悬崖,他大叫着让妈妈跳车,妈妈打开车门跳到了路边,然后让他赶紧跳,可是他还在做着最后的挣扎,因为这车才贷款买完不久,这要是翻下去,人生也会跟着翻下去的。

妈妈眼睁睁地看着他冲进悬崖,就像《飞驰人生》里那个落日余晖的片段一样,不过唯一不同的是,张弛迎来了成功,而爸爸遭遇了失败。

谁会想到,明天会是意外?

所幸爸爸最后也跳了下来,在半山腰,什么事都没有,妈妈回家吓得哭得梨花带雨,他却无所谓,甚至还喝了点小酒。

钱并不是万能的,但是没有钱也是万万不行的。我刚上小学那年,就有个喝了酒的醉汉骑摩托车,在我家大车后面黑灯瞎火地送走了自己,我家赔了十万块,还了十四年,2021年还完的。

攒够三十万对于爸爸来说,和让他攀登珠穆朗玛峰的难度差不多,但是人总有走运的时候,爸爸终于等到了这辈子的高光时刻。

他碰见了一个卖木材的老板,每天虽然还是起早贪黑的,但是爸爸总归是有了盼头,他每天往家里拿鸡呀鱼呀,牛肉羊肉,要知道我家之前吃猪肉都是满满的仪式感。

要说能够让人们快乐的直接因素,钱算一个。

初中的时候,因为家里这边煤矿多,所以大车也多,爸爸和妈妈商量了很长时间,想着在村里靠公路的岔路口弄个加水的地方。

这算是他俩第一次创业,小房子盖起来之前,妈妈愁得睡不着觉,房子虽然不大,但也足够让他俩欠了一屁股债。

这是爸爸出的主意,于是他肩膀上扛的责任更重了,所以在无数个白天夜里,我的记忆中缺失了他的身影。

要么在路上,要么准备去路上。

加水的房子是爸爸自己一块砖一块砖盖起来的,门口抽水的井是爸爸一厘米一厘米挖下去的,**因为穷,他变得无所不能。**

屋子里面有一张桌子,一张床,一个放商品的货架,夏天会多个电风扇,冬天会多个铁炉,这就是屋子里面全部的东西。

拥挤的屋子甚至容不下我们一家四口人，刚搬进去的时候我还专门测量了一下，从屋子东头到西头，我走五步就可以到达尽头。

相比于其他地方，这儿更像是承载我少年时期的家。

或许是屋子不大，所以我们的距离很近，而现在回忆起来，那段时光一直都是我最美好的岁月。

小屋子的门后有我成长的痕迹，爸爸在门上用铅笔歪歪扭扭地标记了我的身高。

我记不起房子盖起来是在哪一年，当我再一次站到门后看着最矮的那条线，好像当年的自己站到了我面前，我伸出手摸了摸他的头，他靠在我的左胸。原来这个房子是盖在我心上的。

虽然现在屋子里早已破烂不堪，但是它在我心中建起了高楼大厦。

打开门，映入眼帘的是货架，当年摆放着几桶泡面、十来袋瓜子、不多的零食和斜放在玻璃上的几条香烟。

这是给加水的司机准备的，大家可以在加水的时候，顺便买点吃的和烟，好在凌晨饿了的时候，在车上垫垫肚子。

因为这些都是家里的收入来源，所以除了爸爸开大车拿走的一些干脆面，我和妈妈都不舍得吃这些东西。

有次有个司机叔叔加水的时候，买了包瓜子刚拆开就接了个电话，结果还没吃就着急忙慌地走了。

妈妈把瓜子递到我手里，让我吃了，说刚才那个叔叔付过钱了，也不赔钱。

我把瓜子倒到桌子上，然后看着眼前的一堆"奢侈品"，心里想吃又舍不得吃，盯着瓜子看了好半天。

374颗瓜子，散发的香味让我想起了妈妈做的蛋炒饭。妈妈问我怎么不吃，为什么跟个傻子似的盯着瓜子看。

我心想妈妈平时也舍不得吃，便说让她也来一起吃。

她连忙推辞，像极了过年亲戚给我塞压岁钱，她叫嚷着的模样。

后来在我"你不吃我也不吃"的逼迫下，她终于坐到了桌子面前，神圣地看着面前的瓜子，显得有些窘迫。

一袋瓜子而已，进价九毛钱。

外面时而路过的大车声音忽远忽近，屋里此起彼伏嗑瓜子清脆的声音，和电视里播的《虹猫蓝兔七侠传》，让我感到无比幸福。

嗑了一集动画片的时间，我想看看瓜子还剩多少，发现妈妈早已不在桌子前，她的位置上面，放着一堆瓜子片，和另一堆瓜子仁。

她还是没舍得吃。

她或许认为九毛钱不算什么，但是一千袋瓜子，就是我一个学期的学费，一万袋瓜子就是我过上好生活的愿景，十万袋瓜子就能给我娶上媳妇儿。

也或许省下这九毛钱，爸爸就能在家多待一分钟。

后来他们加水的工作干顺了之后，挣钱也快了很多，每天都能挣上两百多块，但即使这样他俩也不敢歇会儿。

爸爸白天跑大车，妈妈白天给大车加水，晚上爸爸前半夜加水，妈妈后半夜加水。

因为屋子太小，所以我就住在村里爷爷奶奶家。

每天白天待在加水的屋子里看电视，晚上就会跑到爷爷奶奶家。那会儿胆子特别小，虽然加水的地方距离爷爷奶奶家不到一百米，但是每天晚上回去的时候，总是让妈妈送我过去。

有时候妈妈要算账，便让爸爸送我，每次到了这时候，爸爸就会特别嫌弃，嘟囔着我大男生还胆小。

我想反驳但又不敢，也不知道谁胆小。

对了，好像他在人前胆小，自己一个人的时候胆大。

是不是可以理解为：为了生活懦弱，又为了生活而强大？

那段时间，虽然他俩熬得身体越来越差，却也看到了生活的希望，没日没夜地做加水生意，再加上爸爸没日没夜地跑大车，总算是让家里生活好上了那么一点。

爸爸有空也会带上妈妈去镇上打麻将，赢输无所谓，就图个高兴。当他俩出去和别人打交道的时候，不知道会不会挺直腰杆，反正我过着想吃肉就吃肉的生活，去外面跟别人玩，我都是带着自信的。

这是骨子里的自信，跟穷的时候不一样。

当和别人一起玩，他们吃着冰激凌，而我只能说我不喜欢吃，默默咽着口水的时候，是骨子里的自卑。

生活好了之后，我的零花钱也变多了，虽然货架上面的零食还是舍不得吃，但是跟以前大不一样的是，起码现在有了拆开袋子的勇气了，而不是吃司机叔叔剩下的。

爸爸容光焕发，干劲十足，看着越来越鼓的钱袋，想到自己马上就可以步入养老时代了，兴奋得"地中海"旁边的秀发都支棱了起来。

中国有句老话：夫物盛而衰，乐极则悲。

所以不出意外的话该出意外了。

妈妈得病那段时间他花光了自己的养老钱，白天回家拉木材，晚上开车到一百多公里外的医院送钱，第二天天不亮再开车回家拉木材，晚上再去医院送钱。妈妈做手术嘴淡，他买的烧鸡咸得要死，可是骂了他一辈子的妈妈却没有骂他。

妈妈得病的时候，她的样子是我从小到大以来，见过的最卑微的样子，见过的所有见过的人之中，最卑微的人。

她变成了光头，容颜蜡黄，每天成百上千地"浪费"着家里的钱，她觉得自己现在既不漂亮又拖累人，在她的眼里，自己就是个一无是处的人。

我休假去医院看她的时候，看着她卑微的模样，心里很不是滋味，于是便想着带她出去逛逛，我们去了医院附近的一个广场，我和爸爸在前面走着，她在后面小心翼翼地跟着。

爸爸时不时地回头喊妈妈一下，妈妈跟上来之后，过一会儿又落在我们身后。

路过一个动物园，我提出来想进去看看，爸爸说这辈子还没和妈妈去过动物园，便附和着要看看动物。

妈妈先问了一下票价，听见二十块钱一个人之后，说什么都不肯进去，我和爸爸好说歹说也没用，妈妈说让我和爸爸去，她在外面等我们出来。

我跑去售票处买了三张票，然后递到妈妈面前，说这票退不了。

我们看见了比我体型都大的老虎，吓得妈妈不敢靠近笼子；看见了把脖子伸到笼子外面的长颈鹿，妈妈仰起头说真厉害；他俩终于知道了荷兰猪其实是老鼠。

虽然她说着不想进来，可是进来之后又特别开心。

她舍不得花钱，是想爸爸不要那么累；爸爸舍得花钱，是因为他感觉，有些东西比钱重要。

那段时间妈妈每天的医疗费，都是爸爸挣的。

只要爸爸哪天停下，妈妈身上的仪器也会停下。

为了不让妈妈停下，所以爸爸也没敢停下。

爸爸有时候白天吃不上饭，晚上到了医院妈妈就会提出要求，说自己想吃好吃的东西，等到爸爸买回来之后，她又说自己没有胃口，让爸爸吃。

爸爸经常会在晚上吃完饭之后，去医院外面的路上逛逛。

我也出去逛过医院外面的路，昏黄的路灯下，遛狗的大爷背着手，长椅上坐着闲聊的情侣，旁边公园里老太太们跳着广场舞，大家都无忧无虑地享受着生活。

而医院里面的人们，受着折磨。

有的人被生活压低了头颅，却在想方设法地活着。或许只有努力活着的人，才能真正明白活着的意义吧。

但是为什么还会有人，既能明白活着的意义，却又心甘情愿地放弃自己的生命呢？

当时妈妈总是说不想治了，因为她只想在自己离开之后，别人提起她的时候，都知道是她放弃自己，而不是爸爸放弃她。

她也想活着，但是更想我们好好地活着。

她明白自己给爸爸造成的负担，或许她想，如果没有自己，爸爸就不会这么累，但是她想错了，爸爸没了她，会感觉到活着更难。

所以，爸爸最后还是把他的公主平平安安地带回了家。

虽然爸爸这辈子都没有对妈妈说过一句俏皮话，但是他能在死神手里夺回挚爱之人，就是这世间最深情的告白。

"我爱你"三个字很简单，说出来不用一秒钟；可是也最复杂，需要花光此生所有运气，给她一个答案。

03.
爸爸没了爸爸

爸爸明显老了,当秋名山车神开始拐弯减速,霹雳电娃修灯泡知道拉闸,只专注于目的地而不是沿途风景的时候,他就真的老了。

终于步入了养老的年龄,却没有养老的资本。后来他也没提起过关于养老的事情,只是低头赚钱,他今年五十二岁了,自己还年轻还能干。

我才二十七岁,却感觉自己已经老了。

后来木材老板赔了,欠了一屁股债,虽然欠了几千块钱没给,但是爸爸说老板不容易就没要。

至于挣的钱,还了债也没了,凑巧我刚回家准备结婚,妈妈对爸爸说,孩子该结婚了,怎么得有个房子吧。

县城的毛坯房七十万,他没说话给自己保温杯倒上水,走出院子给煤矿打电话,问煤矿今天晚上发煤吗。

也不知道他晚上会不会蒙在被子里面哭,来发泄自己的无奈和委屈,但是在我的印象里,他这辈子只哭过两次。

第一次是出生的时候，这是我猜的。我知道他肯定会哭，要不然奶奶早把他扔了。第二次哭是奶奶去世的时候。

他说他没妈妈了，跟小孩子似的一声一声地扒着棺材板叫妈。

我转头看看旁边的我妈，幸好，我还有妈。

所以无论什么时候回家，我总是先叫一声妈，我想着我还可以叫几十年妈，我就开心。

如果爸爸什么时候下意识地想叫一声，到了嘴边又想起妈妈不在了，会不会难过。

奶奶是在我当兵前一个月走的，爷爷是在我退伍前一个月走的。不知道是不是受他俩的影响，我每次回忆起当兵的时光，总是感觉很难过。

爷爷走的时候，单位正在野外组织伞降训练，而我作为伞降教员没有休假的权利。虽然晚上偷偷在被窝里面掉眼泪，但还是没能见到爷爷最后一面。

爷爷葬礼前一天晚上，爸爸打来视频，让我看爷爷葬礼的布置，对我说："你好好训练，爷爷的事你就不要操心了，葬礼绝对能让你爷爷高兴。"

然后他把手机镜头翻转过来，让我看现场的布置："看见花圈没有，从这头到那头满满的，一点空地都没有。"

"你爷爷这辈子也不容易，人都走了，好好送送。"

他额头前面头发一撮一撮地耷拉到眼睛前面，在忽明忽暗的路灯下，显得老了十几岁。

我俩拿着手机，不知道该说些什么，我听到院子里面很多人在哭，他回头看了看灵棚里爷爷的棺材，然后回头跟我说："你爷爷走也走了，你就别看了，明天忙，就不给你打电话了。"

"就不说了，我给你爷爷穿衣服去。"

他说得非常平淡，虽然没有哭声，可是我听见了撕心裂肺的生离死别。不知道他给爷爷穿衣服的时候，会不会想到自己很久以前，和他的爸爸一起成长的日子。

在我小时候，总是缠着爷爷给我讲爸爸的小时候，爷爷每次都是先哈哈大笑，然后抽一口旱烟，说你爸小时候可捣蛋了。

为了让自己讲得形象生动，他还专门去楼上找爸爸小时候玩过的小锅——只有手掌大的一个锅。爷爷说爸爸小时候用那个锅做饭，一直留到现在，找了两天没找到，爷爷显得有点落寞。

好像我们都是这样，虽然很多美好的东西会深深刻在脑海之中，但是总会寻求一些物件来纪念它，等到老了之后用来怀念。

就像断了皮筋的弹弓，磨不了菜刀的磨刀石，老照片……虽然如今早已破烂不堪，但是每个东西背后都是我们曾经最美好，最值得怀念的岁月。

如果有一天他们丢了，那曾经的美好，也会一起丢的。

虽然东西并不值几个钱，但是我们要知道，什么才是最珍贵的。

后来买了房子，我结了婚，爸爸说他也了结了一桩心事，完成了自己的任务，养老钱也没攒够，还差了一点钱。

现在的他还在开大车，什么都拉，每天干干净净地出去，邋里邋遢地回来。

有活就遍地跑大车，没活就照顾他那三亩玉米地，下雨天帮妈妈干家务，凌晨三点电话响了穿衣服就走，每天饭都没时间吃，胃病得了几十年还说自己只是上火。

好像所有的父亲都是这样，只顾着往前走，从来不管前方有多远路程。

2021年过年的时候，我在网上订了一个奖杯，虽然跟他的付出没有可比性，但是我还是想通过这个奖杯，感谢他这些年的付出。虽然他嘴上说整这玩意儿干啥，手却不由自主地接了过去，跟我妈一顿显摆，我看着我妈的表情，很明显是吃醋了。

虽然没有聚光灯和掌声，但是并不影响父亲的伟大。

和他不一样，我这辈子有很远大的理想，想轰轰烈烈，想光宗耀祖，可是他这么多年以来的理想，只是想让我们吃饱穿暖。

现在的我们总是抨击没有远大抱负的人，总感觉人来世间一趟，平凡就是对不起老天赐予的生命。

我们不妨想想，那些在战场上付出生命的革命先辈，他们或许八岁或许八十岁，但是当他们把锄头和镰刀举过头顶的时候，他们的心里只有一个念头，就是"让后辈不打他们的仗"。

现在我们的父辈拼尽此生，只是为了"让后辈不吃他们的苦"。

所以，什么是伟大？

平凡才最伟大。

  他没有优越的背景，雄厚的资金，将我送去耀眼的人生殿堂，但是他用最朴实的行动，粗糙的双手，将我托过了他的肩膀。

  我没穿过阿迪耐克，没有坐过奔驰宝马，但他还是拼尽全力，给了我一个完整的家。

  在我们肆意挥洒青春的时候，请别忘记，他也曾是少年。

  这，就是我们的爸爸。

或许我们心里有很多的话，却没法和沉默寡言的父亲去说，所以趁着今天，将回忆中那些想留下的事情记下来吧。

因为总有些回忆，会在不知不觉中慢慢变淡，直到消失……

十层人间

第三层

我在天上
挑妈妈

* * *

　　在我的记忆中,妈妈不仅经常打我,还有各种各样我不理解的规矩,不仅唠唠叨叨,还特别小气。

　　看着别人家的小孩每天玩着不重样的奥特曼卡片,口袋里揣着一叠零花钱想买什么买什么,还时不时朝我炫耀的时候,我就在想:

　　当时在天上挑妈妈,是不是有点着急了?

　　所以不懂事的我曾经有过这样的想法:我想换个妈。

* * *

01.

在鸡毛掸子下长大

  我三岁那年,从家门口路过的算命先生说我好吃懒做。按常理,好吃懒做的人有很大概率能投胎到富甲一方的家庭,而我晚上捧着奶瓶失眠到凌晨三点,硬是想不通到底是哪个环节出了问题。

  小时候为了去邻居家玩游戏机,八岁的我便会哄着大人软磨硬泡;别的孩子吃棒棒糖多到吃得满嘴虫牙,而我只能拿妈妈从药店里买的甜味丸子药咂巴嘴;过年时别人家的"窜天猴"直冲屋顶,带着欢声笑语,在天空中炫彩夺目,而我兜里揣着用浏阳鞭拆散的炮,点着后来不及扔就炸掉的那种,时常把手炸伤。

  那时只觉得我家真穷,我妈真小气。凭什么别人家孩子有的东西,她不能给我买?不买就算了,为什么脾气还特别暴躁?在她的认知中,"不打不成材"的思想观念比长城的地基都牢固。

  我记忆的开始,是从幼儿园逃课回家时,她举起笤帚冲向我;记忆的结束,是初中在学校乱花钱时,她皱紧的眉头外加扬起的手。这中间,当然夹杂着数不清的花式混打。最让我印象深刻的,当然是记忆开始的那次。

妈妈把我带去家旁边的幼儿园,我第一次碰到那么多小朋友,内心无比恐惧,因为大家都在嬉笑打闹,而我害怕嬉笑打闹。

我使劲抓着妈妈的手,害怕妈妈把我一个人丢在这里。老师让家长回家,妈妈对我说:"你看有这么多小朋友和你玩儿,你喜欢吗?"

我没有说话,妈妈以为我会喜欢,其实我害怕得大脑一片空白。

妈妈要走,但是我不肯放手,一只手抓不住她就两只手抓。无奈之下,妈妈把我带到滑梯处,让我去玩滑梯。

妈妈说:"你去玩一会儿,我在滑梯下面接着你。"

其实我很想去玩儿,因为小朋友都进教室了,但是我又怕妈妈走。

妈妈推着我,我回头看了看妈妈的脸,又看了看滑梯,于是慢慢松开了她的手,却还是一步三回头地看着她,害怕她丢下我跑掉。

我慢慢地往上爬,台阶很高,我用手慢慢扶着,一边看着手的位置,一边看着脚应该踩的位置。

当我终于爬上滑梯最高处的时候,看了一眼四周,很高很高,害怕得不敢挪动步子,我求助似的看向妈妈。

而她却走了。

我可以看到幼儿园外面的平房,天空灰蒙蒙的,离我很近,现在的我站在了从来没有站过的高度。

我双腿哆嗦着,双手紧紧地抓着栏杆,我想求助,可是我还没有跟陌生人说过话。我看着幼儿园的铁门,眼泪在眼眶打转。

其实我只是想告诉妈妈:

我一个人,不敢下去。

当我小小的身影出现在我家门口时,妈妈惊讶极了,伸头看着我身后,问我:"怎么,你一个人回来了?"

当时还没有到放学时间,所以我对她撒谎:"嗯,他们都在玩滑梯,我不想玩,就回来了。"

正说话时,身后响亮的放学铃声响起,那时才是真的放学了。

当小朋友整齐地从我身后经过时,我知道我完了。老师着急地跑到妈妈身边,看了我一眼说:"吓死我了,放学点名时找不到他,还在就好,还在就好……"

妈妈一边跟老师道歉,一边回头瞅我。老师走后,妈妈一把拽住我的后衣领把我拖回屋里,把我扔到床上顺手抄起了笤帚。

"这才多大就敢逃课,以后长大了还了得……"

"学什么不好,还敢撒谎……"

妈妈把打散的笤帚扔到地上,又拿起另一把笤帚,我屁股生疼,哭得撕心裂肺。

我很委屈,但是没有反抗的勇气,因为当我从滑梯台阶上爬下来的时候,已经花光了所有的勇气。

妈妈每天说的道理特别多,我常常想,她连小学都没毕业,凭什么教育我这个受过这么多年素质教育的人。

除了教育我，她还教育我姐，唠叨我爸，但在外人面前表现得彬彬有礼。我姐挣了工资给自己买了个手机，我妈说她不知节俭；我爸喝多了酒，别提了，我家房顶都得落层灰……妈妈在我家的地位可见一斑。

正所谓强者总是孤独的，所以在我家，我妈自己一伙，我们三个人一伙。

初中时我还偷偷劝过我爸，要不你换个媳妇儿吧？给我也换个妈。我爸当时在开车，没有说话。**当时我以为他不敢，现在想想，其实是上一辈的爱情，我不懂。**

因为我小时候太调皮，所以村里同龄的孩子都不跟我玩。为此我妈没少发愁。她总以为能板一板我这调皮的个性，殊不知我好像早已"病入膏肓"。

小时候自己动手用柳条做弓，用废弃易拉罐做箭，一箭就可以深深扎在木门上，不只我家的木门，还有邻居家的，为此没少被邻居投诉。村口有一排枯朽的老树，我和伙伴们约定：谁爬到最高点算谁厉害！最后他们都被家长带走了。我家房子后面有一堆沙子，我把那些沙子掺上水，堆成迪迦奥特曼的上身，简直一模一样，却也害得村里人晒了七天七夜。

在我的记忆中，没有和小伙伴们嬉笑打闹的场景，只有刚割完小麦的荒地、几间破旧不堪的屋子、数得清的鸡狗羊猪，以及村里每个角角落落，它们像一张张照片一样，定格在我的脑海中。

村后面山脚处的老杨树上有条很长的裂纹,像是爷爷睡着之后微微张开的嘴,我每天都会跑到那儿看,每天都去。但我没见过它吃饭,我怕它饿,于是拿着在小河边拔的草,通过老杨树的"嘴"塞进去,可是它全都吐了出来。

它好像不太喜欢我。可我也往爷爷的嘴里塞过草啊,爷爷说好吃,还夸我机灵。

对门奶奶家的房子背后那面墙,有一块砖是灰色的,在众多红砖的映衬下显得非常不合群,这是我偶然间发现的。

在岁月的洗礼下,所有的红色砖块都被冲刷得黯淡了许多,可即便这样,那块灰砖还是那么突兀。好像大家都在努力迎合着它,而它却依旧孤零零地站在人群中央。

发现它之后,我好像看到了那个不合群的自己。我可怜它,于是总想着去河边捡一块红色石头,然后把它送到灰色砖头中去。

可到了河边之后我发现根本没有红色石头。我不死心,直到有一天在河流中央发现了一块,可是我又犯了难,不知道该怎么把它拿过来。

于是我搬了一块我能搬得动的石头扔到河里,石头在水面上露出来一个角,一心顾着拿红色石头的我,压根没想过能不能在上面站稳。

那天的夕阳照耀在我家锈迹斑驳的大门上,泛出梦幻般的昏黄色,我迎着夕阳兴高采烈地奔向那团昏黄色,身后留下了一排排沾满泥土的脚印。

我大声地喊着:"妈!"妈妈头上裹着头巾,手里拿着鸡毛掸子正在打扫卫生,听见我急匆匆的呼喊以为出了什么事,连忙跑出屋子。

我说:"我给你看个好东西,对门奶奶家屋子后墙有块灰砖头,我把它染红了,现在全是红色的了!"

妈妈看了眼屋子里面堆得乱七八糟还没收拾完的家具,又回头看了看我,无奈,还是决定陪我走一趟。

她刚放下鸡毛掸子,一转眼看到我留下的泥脚印,又拿起了鸡毛掸子。

"小园园,你给我回来!鞋怎么湿了?"

我紧张地停在原地,低着头用余光偷偷地瞄她:"刚……刚才捡石头,掉河里了。"

"裤子也湿了?"

"嗯……"

我捂着被打得生疼的屁股站在那面砖墙跟前,虽然还是一眼就能看到那块新红砖,但起码它们都是红色的了。

我想把我的"杰作"分享给更多的人,于是在村里转来转去,可是大家都忙着在太阳落山之前打扫卫生,根本没人注意到我。

于是我又厚着脸皮跑到老杨树那里,跟它聊了很久。最后告别时我说:"告诉你今年最后一个好消息,今天晚上过完年,明天就是明年了。"

许多年后的我再次站在那棵老杨树前,看着我童年时唯一的

"玩伴"就在想,妈妈当初使用鸡毛掸子的次数还是太少了。我多想有一个能从小一起玩到大的好朋友啊!

长大后,我也很少跟别人分享我的快乐,因为成年人的快乐很短暂,而且也只能让自己快乐。

当然我也不会跟别人分享我的难过,因为我怕我的难过,成了别人茶余饭后的快乐。

02.

"钢丝球妈妈"和她的"猴儿子"

妈妈特别爱干净,容不得一点瑕疵,家里的锅碗瓢盆几十年了都崭新如初,陪了她一辈子的缝纫机和洗衣机,直到现在还能勤勤恳恳地工作,也常常被擦得锃光瓦亮。所以我上学的时候特别爱挤青春痘,因为我怕我妈受不了我的脸,用钢丝球蹭。

从小到大,她对我说过最多的一句话就是:"别一天天站没站相,坐没坐相!"长大后我才明白,原来她是在教我做好形象管理。

初中时,受古惑仔电影的影响,我喜欢走路时弯腰伸脖子,晃晃荡荡的,感觉那样很酷。可每次回家,我妈都用她那双有力的手,使劲在我后背一拍,说男子汉要挺直腰杆,别像个猴子似的。

对于穿衣服,她给我的规定就是:背心必须塞进裤子里,外套必须拉好拉链。

高中有一次开学,她和爸爸送我去上学,到校门口我想和同学一起走,于是跟他俩说了一声后,就扛着被褥包裹跑开了。

甩的时候太用力，导致衣服被包裹扯了起来，露出了一小块腰，我没太在意。

"园……园园！"

我听见妈妈在叫我小名，顿时尴尬得不行，可如果不回头，她能在后面一直叫。当时我的同学们还学着她叫我小名，我恨不得找个地缝钻进去。

我不情愿地回头看她，她伸手指了指自己的腰，然后特别大声地喊："把背心塞到裤子里面。"

我顿时感觉脸上在疯狂地灼烧，旁边的几个同学都笑弯了腰。

她还会敦促我一定要节约，因为节约是美德。

它给我带来的影响有多深呢？这么说吧，当我每次路过学校食堂剩菜桶的时候，我都会可惜，因为里面剩菜剩饭真的很多。

如果我吃饭时，不小心把面条掉到桌子上，我都会条件反射地捡起来吃掉，虽然吃完之后心里非常恶心，因为食堂餐桌上面经常有没擦干净的油。可是等下次吃饭遇到同样的情况，我还是会习惯性地吃掉，然后又是一顿恶心……

因为在家里如果吃东西掉到桌子上，不捡起来吃掉的话，会被妈妈骂。

我的这些习惯被同学们笑话了好几年。大家时不时就模仿我塞背心、捡面条、拉拉链，还会大声地叫我小名。

所以我曾责怪过妈妈，如果不是因为她，我也不会被同学们这样笑话。

妈妈还经常提醒我要懂礼貌。

我们村子里人不多,每天我都得喊上几十遍爷爷、奶奶、叔叔、阿姨、小爸、小妈、姐姐、哥哥……我妈规定,只要在街上见到人,都要打招呼。

我一直很抵触过年走亲戚,因为我们家家族很大,很多人一年不见我就会忘记该叫什么。

经常看见一个亲戚,很熟悉,但就是想不起来怎么称呼,他看着我等我叫他,我看着他等他先说话,我妈也在等着我先开口,好让大家知道她的儿子很有礼貌。

于是在三方尴尬了好几分钟之后,妈妈严厉地对我说:"这孩子怎么没礼貌呢?看见姑父也不说话。"

我仿佛找到了台阶一样,赶紧张口:"姑父!"

直到现在,每次家里来客人,哪怕是小区的门卫、给家里接线的电工、卖菜的大爷,妈妈都会严厉地训斥我:"这孩子真没礼貌,见了人也不知道发根烟。"

妈妈还几十年如一日地叫我起床,比二奶奶家的公鸡都准时。

小时候一到早上八点,她就立刻喊我的名字,如果我瞌睡得不行不理她,她就会不知疲倦地持续输出,直到把我折腾起来为止。

起来之后,我就等着眼睛看她打扫卫生,在一旁闲得不知道该干什么。

每次我都问她:"有事啊,妈?"

"没事啊,怎么了?"

"那你叫我起来干啥?"

她肯定相信了我三岁那年算命先生说的话,害怕我好吃懒做,所以才这么折腾我。

后来长大之后,她依旧如此,每天早上都会站在我的房间门口不停地敲门:"园,起来吃饭了。"即使我很明确地告诉他:"只要你不叫我起床让我多睡会儿,我饿死都行。"

估计她怕我真的饿死,于是叫得更勤了。

我常常在想,妈妈不用睡觉吗?仿佛像个陀螺一样,晚上我睡下时她在忙,早上我起床时她还在忙,总是有干不完的家务,做不完的饭,也不知道一家人有多少张嘴,需要吃多少顿饭。

后来我终于明白了。或许是在自己花一个多小时做不完一顿饭的那一刻明白的,也或许是在工作后看到同事拿着他妈妈给准备的早餐,而我只能啃外卖油条的那一刻明白的。

我不知道妈妈是怎么做到全国统一甚至全球统一的,好像在她们眼里,自己的孩子是天底下最差劲的那一个,可当孩子真的被否定、被欺负时,她又会第一个站出来替孩子打抱不平。

如果能够选择,谁不想做那个十指不沾阳春水的小仙女呢?可她却为我们,变得无所不能。

所以,别用甩开的手和用力关上的门去伤害她。

唯有她在,你才是孩子。

03.
一根网线，两千公里

小时候我的梦想很简单，就是离我妈越远越好，我不见她可以专心追逐我的未来，她眼不见心不烦，好好过自己的生活。

她和我爸干过几年给大车加水的活，顺带开个小卖部，卖点烟酒和能让司机在路上垫肚子的食物。

我每天面对着货架上的零食，想象着它们的味道。可妈妈从不让我动一下，她自己也从来不吃，那时我觉得妈妈真小气。

后来加水的生意干顺了，他俩也挣了一点钱，有时妈妈会拿一袋猫耳朵、干脆面或者其他什么东西让我吃。我每次都特别开心，吃的时候小心翼翼地一片一片拿出来，看看它们长什么样子：有的像猫咪，有的像小狗，有的像老鹰的爪子，有的像翘起的胡须……

每次吃到最后，我才猛地想起她，于是赶紧拿着只剩三四片零食的袋子跑到妈妈面前，让她也吃点，可她每次都说不喜欢吃。无论我怎么劝她，她一口都不动。

在我的印象中，妈妈不爱吃零食，只喜欢日复一日、年复一年地喝她熬的米汤。我很不理解，因为米汤不管饱。直到现在我都特别讨厌喝米汤。

一次，我就捂着生疼的肚子回家，刚进门就看见妈妈正在拆一袋太谷饼，这种场景还真让我匪夷所思。

我说："妈，我肚子疼。"

我习惯性地平躺在床上，妈妈一只手拿着太谷饼，另一只手熟练地掀开我的背心，给我揉起了肚子。

从小到大我的胃都不好，经常肚子疼，一疼她就会帮我揉肚子，每次都能马上缓解我的症状。后来我离开家后，再碰到肚子疼的情况，即使是几十年的老中医都没有能力揉好我的肚子。是不是很奇怪？

我看着她津津有味地吃着手里的太谷饼，也不说让我吃一点，心里很不开心。每天教我要礼让，自己却不以身作则。

我突然想到，原来之前我没见过她吃零食，是因为她都是偷偷吃的。我越想越生气，盘算着她的这个行为导致我少吃了多少零食。于是我坐起来塞好背心，脸一沉对着她说："我也想吃！"

"你不能吃。"

"过期了。"

我突然明白，为什么她总要偷偷地吃。

偷偷地吃掉过期的食物，偷偷地吃掉家里的苦。她又何尝不想尝尝这些零食的滋味？别人都是看着保质期买东西，而只有那些超

过保质期的，才属于她。

上初中时，因为我长身体长得快，所以小学时穿的衣服、鞋子，统统都穿不下了，甚至有时刚买不久的新衣服，还没等穿一个季度，就又小了。

夏天还好，长袖穿小了能当短袖。可到了冬天，小了的棉衣根本盖不住我的身体，于是我每天缩着脖子、佝偻着身子，将冻得没有知觉的双手蜷在短了一截的袖子里。

或许是那会儿留下的毛病，每年冬天，我的双手只要碰到冷风，就会发白发青，麻木得失去知觉，使劲捏都没有知觉。

那会儿家里条件不好，妈妈看着我冻得哆哆嗦嗦蜷成一团，在某天突然想到个好办法，就是让我穿我姐姐的衣服。

于是我变成了学校里最靓的仔。

刚开始我不太好意思，但是当我看到同学们的服装慢慢变化的时候，突然发觉自己不知道什么时候引领了学校非主流时代。

姐姐的衣服有点大，所以我穿起来有点宽松，这叫慵懒混子风；有件衣服上面有朵雏菊，这叫单纯好孩子风；有件粉色衣服上面还带点闪闪发光的小塑料片，这叫迷迭香舞台风。

于是在课间操时，操场上成了五彩斑斓的花海，有的同学感觉自己的衣服凸显不出个性，便把头发染成红色、黄色、紫色、绿色……

如果此时校外有陌生人进来，可能会以为自己进了美容美发职业培训中心。

而作为非主流引领者的我,并不是我拥有先进文化思想和敢为人先的勇气,而是妈妈舍不得给我买衣服。

没想到,妈妈还能凭一己之力,将我推到前所未有的高度。

有时候,妈妈的抠,让我非常委屈、非常生气,但偶尔也特别想笑,比如和她打电话……

她打电话时都有个习惯——掐点儿,每次打电话都会非常准时地在59秒挂断电话。

即使没什么事情,说上两句就没话了,也会东拉西扯地讲到59秒。

即使有再多的事情,也会努力把这些话压缩成精华,甚至还没讲完,就在59秒时挂断电话。

有一次我给她打电话,她边说话边切菜。眼看就要到1分钟了,只听她急匆匆地扔下刀,打开水龙头哗的一声,然后,我眼睁睁地看着时间跳到了1分零1秒。

她开始埋怨:"话都说完了,怎么不挂电话,冲个手的工夫,超时了……"

我无奈地说:"我还没说完呢。"

那边又响起了切菜声:"想说啥快说。"

我把当天发生的有意思的事情讲给她听,她在那边咯咯乐,没等我说完,那边突然又安静了,然后又响起了水龙头"哗"的声音。

水声刚停,时间跳到了2分零1秒。

我离开家去当兵时,原本以为就要实现小时候的梦想了,没想到第一天到部队,我就想妈妈了。

那年我十八岁本该展翅翱翔,没想到会在关灯后想妈妈。

于是我安慰自己,这是离开她之后的第一天,我在喜极而泣。

我妈估计是怕我忘了她,所以总是不合时宜地占据着我所有的业余时间。果然距离产生美,如今我也是她眼里的"香饽饽"了。

五年的时间里,我妈给我打了无数个电话和视频,其中"吃饭了吗?"占据了聊天内容的95%。部队里打电话的时间有限,所以每次她都非常重视,会放下手中所有的活,却依然专心致志地问我:"吃饭了吗?"

而爸爸每次想跟我说话,又不知道说些什么,所以沟通中妈妈起了非常关键的作用。每次爸爸接起电话,说不了两句,空气就安静了。这时我就会大声喊我妈,每当这时,她的言语中都充满了自豪感。好像在说:看,我儿子还是和我亲。

我听她扯着家事,心里却有种很别扭的感觉,因为她开始和我客气了,这种客气让我们产生了隔阂,全然没有了之前势不两立的对峙。我感觉我们之间隔着的,不仅仅是一根网线,而是一个世界。

恭喜,我小时候的梦想终于实现了。可这实现梦想的滋味,不知为何,有点酸苦。

直到现在,妈妈依然会常常熬她爱喝的米汤,依然舍不得扔过期的食物,依然抢着吃家里的剩饭剩菜,却再也没有在和我通电话时，掐到59秒就挂断。

因为她知道，我越长大，她能和我能通话的时间就越短，我的时间被拆得七零八落，留给她的那部分少之又少。从前都是我缠着她让她陪我玩儿，现在却成了她守在电话的另一端，看着时间一分一秒地过，期盼着我的来电铃声能在某分某秒响起。

以前只觉得她抠门、小气、爱算计，长大后才明白，她所有的精打细算，都是为爱打算。

那些精打细算后节省下来的钱，她会花在我和姐姐身上，花在爸爸身上，花在家长里短人情往来上，却丝毫想不到花在自己身上。

小时候只想着离开妈妈，仗剑天涯；现在却觉得，家人在侧灯火皆安，才是最大的奢侈。

04.

到底是谁在努力长大？

聒噪的蝉焦急地宣示着生命的主权，阳光下兴高采烈的树叶们互相推搡着沙沙作响，低空盘旋的燕子掠过我的肩膀，飞到了医院围墙的那边，我注意到了那堵围墙，不知道它痛不痛苦，因为它每天都在见证着生离死别。

我站在病房门口的时候，距离她不到五米，她因为化疗骨瘦如柴，拖着晃晃悠悠的身子，站到病床旁边迎接我。她站在因为潮湿而掉皮的白墙前面，扶着生锈的输液架，戴着假发尴尬地看着我。

她站在那里像个做错事的小朋友，被我发现了秘密。

她一直都在隐瞒的秘密就是，她过得并不好。

她说她不喜欢吃肉，喜欢喝米汤；不喜欢吃饼子，喜欢吃馍；不喜欢吃营养品，喜欢喝水。其实她只是不喜欢花钱而已。

我刚到医院的那天晚上，她就想吃大盘鸡。

每天吃完了饭，她还吵吵着要洗碗。我看得出来，她的眼神中满是愧疚，因为她的病让这个本就一贫如洗的家更加一贫如洗，好像只有洗碗，才能体现她自己的一点用处。

当她因为我还没结婚而说出不想治了的话时，我又想起来我曾经劝爸爸和她离婚，那会儿我努力想让她离我远点；可如今她好像真的要离开我了，我却想拼命地想把她留住。

我想让她见证我的美好，而不是用她来换我的美好。

在我的生命中，又有谁有资格，接我的新娘子回家呢？

又有谁，能把我小时候的事情，讲给我的新娘子听呢？

当我离开家去当兵的时候，她拥抱我的那一刻，我第一次发现她脸上的皱纹，跟老黄牛犁过的地似的。

当我把荣誉递到她手里的时候，她第一次轻轻地摸着我的脸，原来，她的手是软软的。

现在当她做错事的时候，她不会再举起笤帚，而是用讨好的眼神看着我，然后小心翼翼地做着家务。

小时候舍不得吃零食，后来我就不爱吃零食了，但是现在无论我在不在家，柜子里面总是塞满了零食，好像是她想要弥补我缺失的童年。

小时候因为怕别人笑话，她给我缝的鞋垫和纳的布鞋，我总是偷偷地扔掉，可是她还是努力的一针一线地缝到现在，她怕我穿着买的鞋不舒服。

她在正青春的时候，并没有等来好日子，终于熬完了自己最美的时光，却依然没等来好日子。

她每天除了睡觉的时间，就是做饭洗碗、洗衣服、扫地拖地、擦桌子沙发茶几、扫院子，都干完了又再来一遍。

以前我不懂，现在我知道了。

她不知疲倦地累倒自己，只不过是努力地证明着：

这个家，需要她而已。

原来这个家，一直都是她在撑着。

当她还是个女孩子的时候，也会受了委屈躲在妈妈的怀里哭，如今她长大了，没有怀里可以让她哭，那就不要让她再受委屈了。

当我站在滑梯上面的时候，是第一次知道男孩子要勇敢。

当她问我，她和我的未来哪个重要的时候，第一次明白长大之后现实最重要。

当她大声喊着让我把背心塞进裤子里的时候，她是想告诉我，她不在的时候我要学着照顾自己。

当我习惯性地把桌子上的面条吃到嘴里，还感觉恶心的时候，从没有想过过期食品是什么味道。

当我穿着姐姐的衣服心怀抱怨的时候，却没想过，一家人互相搀扶着过日子，无论多苦，都是好日子。

当她第一次举起笤帚的时候，是想让我快快长大。

当她放下笤帚的时候，我真的长大了。

她却老了。

所以我想换个妈，换回二十年前，能将笤帚当作长枪，划破苍穹的那个女孩子。

老天说:"我可以实现你一个愿望。"

我说:"我妈受不得欺负,我希望带着前世的记忆,再回到她的身边。"

老天直勾勾地看着我:"你这,是三个愿望啊。"

"逗号也算啊?"

……

虽然我们和妈妈之间,偶尔会发生各种各样的矛盾,但是我们要记得,在我们可以自由自在穿梭在浩瀚星空的时候,是她为我们亮起了回家的灯。

虽然文字的作用有限,但我还是想把我们的点点滴滴,记录下来。因为我知道,或许许多年后,能清楚地知道我们之间故事的,除了今天写下的这篇文字,再没有任何人了。

十层人间

第四层

爱情属于两个人，
而不是六个人

* * *

爱情是什么？

小时候以为爱情是块糖，有人陪着自己一起玩一起闹，一起去到自己想要去的地方，一起憧憬成为爸爸妈妈的样子。

十八岁的时候以为爱情是辣条，有人陪着自己一起疯一起笑，一起追逐未知的未来和美好，一起为神秘的荷尔蒙付出代价。

等到长大以后被生活压得喘不过气的时候，原来爱情，并不是物种结构和人类进化过程那般复杂，而是面对枯燥的、无止境的、重复着的日子，能有个人陪。

一起过好柴米油盐，一起努力成为爸爸妈妈。

* * *

01.
遇见他

我们的故事发生在2012年10月26日。或许是时间太久，很多事都记不清了，只记得那天的夕阳很美，我看到了一双很漂亮的睫毛，而我因为这对长睫毛沦陷了。

我喜欢他对我唱歌，紧张到声音发颤、小脸通红。我想笑但又不敢，我怕他把自己煮熟。

喜欢他像一只叮当猫一样，总能让我见到新的东西。因为他我知道了b-box，知道了写词、写诗、写文章。"笔下生花""出口成章"，是我这种词汇匮乏的人超级羡慕的。

喜欢他身上一股形容不出的劲，一种不张扬却又能随时触发的力量。

对了！他还会跳舞，但我只在元旦晚会上看过一次。我的同桌王同学曾经和他学习过一段时间，王同学告诉我说，这个家伙很严格，教给他动作要领之后，会让他自己训练，还会定期检查再纠正。

"真严格啊！"我感叹。

王同学说他的师父很棒，每天睡觉前坚持做俯卧撑锻炼肌肉。怪不得我掐他的时候根本掐不住，硬得像块石头。

在我心中他的形象本是朦胧的，可正因为王同学，他的形象在我心中慢慢地勾勒着。

我想和他近一点，再近一点，所以我督促他好好学习。坚持了一个月，他进步了17名，我特别激动，但是他好像并不快乐，慢慢地他又开始上课睡觉了，也逃课去打篮球。连我给他的书做笔记都让他提不起精神，所以我们爆发了矛盾，他走了，搬着他的桌子去了别的班级。

我们会在上厕所的路上偶遇，我每个课间都会往厕所跑。我也会在课间操的时候拼命往后排站，因为他永远都是姗姗来迟。

我常站在教室的窗前俯瞰操场，看着楼下几十上百的人不停寻找，只因为我想看他一眼。

高考失利的我在老师和爸妈的强烈要求下开始了复读生活，而他去了部队，当我知道这个消息的时候已经太晚了，我们失联了。

大学最后一年，我常常梦到同学聚会上我们重逢的场景，梦里的他很瘦，脸很模糊，我努力看也看不清。是啊，我们已经五年没见面了，又怎么记得清啊！

那段时间我努力让自己更忙一点，却又想彻底摆烂。直到手机的提示音打破了深夜的宁静，撕裂了我尘封的世界。

第六感告诉我可能是他,又很快被自己否定,我盯着这条通知看了许久,当我点开时,眼泪不知何时划过脸颊,他问是不是我。

我又笑又哭,五年来我们第一次联系竟然是这种场景。

我说,想见我的话,有本事就来我家找我。

紧张,特别紧张。我怕他看到我戴着厚重的眼镜后露出失望的表情,又后悔没好好护肤变得漂亮一点;又害怕我说的话太绝,他会再一次消失。我在床上翻来覆去,直到天亮才迷迷糊糊睡着。

结果……不知道几时我被手机吵醒,这兄弟七点多就来了。我快速爬到洗手间洗漱,看着镜子里顶着两个熊猫眼的我恨不得给自己一拳。唉,关键时刻掉链子!

他第一次来不认识路,我在电话里指挥他:"一直往前走你就看到我了。"寒冬的早上实在太冷,我想待在原地等他,又怕他走岔路,只能拖着两条穿着老妈爱心棉裤的腿沉重地往前走,感觉每走一步裆就往下掉一寸。为了人们的视野中不会出现一个一直提裤子的怪女孩,我索性站在了原点。

几分钟后出现了一个慢跑的男子,我正感叹如此恶劣的天气还要锻炼身体,真是个强人,他的脸便缓缓出现在我的视线里,渐渐变得清晰,像极了浪浪山的小猪妖看到孙悟空。我不知道是紧张还是兴奋,心底的某一个角落被触动了。

我们站在马路两侧对视,短短几秒就好像过了许久。我看到他真如我梦中的一样,好瘦,明明穿了棉衣却比我还显瘦,不知道在部队训练有多辛苦才会这么瘦。

他向我招手让我到他身边,我如蜗牛一般挪动脚步,他像跟多年未见的兄弟打招呼一样上前搂我脖子，我躲了过去。我才不要当兄弟好不好！

后来我们度过了一段神奇的时光。他带我去吃火锅，点了我们根本吃不完的分量，像是要补上缺失的那几年。吃了爆辣牛肉面、大盘鸡、万州烤鱼……仿佛吃得越多我们就能离得越近。

时间过得很快，一眨眼他假期就结束了，我还没来得及消化这个消息，他便已经归队。

我才清楚我们都已不是青涩的少年，眼前的他也不再是高中那个逃课去打篮球的男孩，部队让他变得成熟。

我没想到他会给我拜年，在除夕的夜里，他说不能陪我跨年，就祝我新年快乐吧。

年后的我们各自忙碌着，他保家卫国，我准备毕业论文。我语文不太好，面对毕业论文绞尽脑汁，常常和导师探讨之后就要重新整理思绪。每到这时我都好想他，他的文章，他的歌，他脑袋里迸发出的无数辞藻，好想借他的脑袋用一用。

一直反对异地恋的我也开始了异地恋。或许一物降一物，有些原则注定会为某个人打破。

一有时间我们就会通话，偶尔视频，视频里的他常常被晒得黢黑，嘴唇干裂，脸上没有一点胶原蛋白。他总是等我叽叽喳喳地说完之后缓缓地说出他很想我，但他的工作特殊，我常常还没讲尽兴，就已经到了他要交手机的时候。

我最期待每周六的到来，做完兼职回学校的路上，他会一直和我通话。总觉得经过的那条天桥好远，却又在每个周六的傍晚觉得太短。

我们就这样平凡过着每一天。

四月，他和我联系得很频繁，甚至经常能视频通话。他说因为他们外出了，但我总觉得很奇怪。那段时间我连着两三天做噩梦，梦见他住院了。纸终包不住火，一次视频他的手机摄像头晃到床头，上面贴着一个大大的②，这个数字对于我来说格外熟悉。

我问他："你在哪儿？"

"酒店啊。"他回道。

"谁家的酒店床头还要贴数字？你是不是受伤了？"

那边的沉默给了我答案。

他的脸比以往要白许多，一点血色都没有。原来前一天他没联系我是因为在做手术，术后太虚弱，怕瞒不过不敢打电话。

我恨自己为什么不能观察得再仔细一点，否则早就可以发现他最近的状态特别不好。

后来他告诉我手术台上很冷，冷到他害怕。

我对手术的认知是后来我生孩子的时候，真如他所说的很冷，但不同的是，我知道他在外面等我，而他当时毫无依靠。

术后一周他就开始训练，他不想被当病号对待。他身上有我缺少的坚强。

他有些大男子主义，很介意我和异性交流，我们因为这个问题也吵过架，慢慢地我理解了。虽然我笑他是个小心眼，但他真的把我保护得很好，这又何尝不是一种爱的方式。

2019年7月我毕业，没有和很多人一样去感受北上广的魅力，只因为不想再忍受异地恋的痛楚，于是我决定回家乡等他。

九月，他不顾家人反对毅然选择退伍。我知道他的路不止于此，他有足以让我相信的能力。

退伍后他踏上了实现理想之路，这条路坎坷不堪，他也曾因现实问题质疑过自己。有一段时间，因为温饱原因，我们不愿家人失望，便一起去了钢铁厂。那期间我不知道打了多少次退堂鼓，是他的鼓励与坚持带我走过了噩梦般的两个月，带我闯过了一关又一关。当时强度大到他旧伤复发，身上的伤口崩开，可他只字不提，只有短暂休息的时间里靠着我说不要闹，他有点痛。

最后我们虽然都通过了考核，他却心疼我带我回了家，也因为这段经历，让他更加坚定前行的决心。那个一米七三的男孩扛起了保护我的重担。他变成了除了我爸爸以外最坚实的依靠。

我喜欢童趣类的事务，所以选择在画室工作。自此他便开启了接老婆下班的日常任务，不管多忙。当我正享受二人世界时，一个小生命悄悄来临。

2021年正如火如荼上暑期课程的我突然感到身体不适，原来这个小家伙已经来到我肚子里面一个月了。因为身体底子不好，打针、吃药、卧床是我孕早期最常做的事。我不好过，他更难过。只要我的身体有一点风吹草动，他就带我去医院，产检更是一次不落。记得怀孕四个月时，我和朋友骑共享单车去逛街，后来肚子很痛并发现出了血，他带我去医院，路上我自责得哭了，他安慰我一定不会有事，且一句怨言也没有。

由于胎不稳，夜间的医院里经常会出现我们的身影。那段时间他需要兼顾工作并照顾我的安全，像热锅上的蚂蚁忙得团团转。一天，那个强大的男人还是在我眼前倒下了。眼睛不舒服，他疼得睁不开眼，眼泪哗哗流，去看医生后才发现眼睑上长了很多小颗粒。这些小颗粒把他折磨得够呛，但他仅仅休息了一天。

我即将临产时，被告知当地医院不能收治，他放下工作带我去求医。在我面前他表现得如往常一样，而我不知医生找他谈了多少次话，签了多少知情同意书，他才强装镇定地接受了一切，尽管他自己还是一个大男孩。

我们终于有了床位，那段时间医院只允许一人陪护，他送走婆婆后回来时眼里泛着光，我想他一定偷偷哭过，懦弱的我不敢问他。厕所在走廊的另一头，孕晚期的我一晚上不知走了多少个来回，而我身边总有他陪着，偌大的医院仿佛只有我们小两口。

我们跟着护士去做B超，不知是我的体力太差还是医院太大，怎么走也走不到，肚皮发紧脚步虚浮，在这陌生的医院，我生怕跟丢了，我的小命就被改写。而护士的脚步飞快，很快我就被落在了后面。他牵着我，让我别急，慢慢走。我额头上微微出汗，急得发慌，根本听不进他说了什么。他突然回头对我说："媳妇儿，我们再也不生了，你太受罪了。"或许这就是他的魅力吧。

在医院的日子里，他看着我被抽血，也见识了传说中的促肺针，研究胎心监护境界堪比医生，每天徒步不下十公里，脚丫因连日走路比我这个孕妇还肿，只为让我吃上可口的饭菜和喜欢的水果。

终于到了生产这天，我被安排输血后手术，他只能止步于手术室外。他说一定不会有事。

我被推进去的时候，想起当年他孤身一人躺在这冰冷的手术室，外面没有一个人为他等待，该是怎样的滋味？上天是偏爱我的，让我从小有人疼，长大有人爱。

手术很顺利，我还没来得及看宝宝一眼，宝宝就被安排进了儿科保温箱。这个男人丝毫不停歇，重新挺起腰背继续迎接下一场"硬仗"，他的担忧胜过了他成为父亲的喜悦。

一夜间他被迫成为一名战士，奔波于老婆与孩子分别所在的两个不同的战场。

夜里他睡在我身旁，剖腹产后的我不能动，他怕挤到我，便只占用了一丝丝位置，这大概比当时在钢铁厂训练的日子还要艰苦吧。

他睡得很熟，有轻微的鼾声。白日里的"战斗"只有在这时才能得到短暂的停歇。此刻的他，在我眼里仿佛发着光。

我还没有做好成为妈妈的准备，他就已经成为一位父亲，照顾两个孩子（其中一个是如巨婴的我）。无论走到哪里都尽量带着我们，让我有安全感。

产后我情绪不稳定，经常发脾气，甚至有时他不知道错在哪里就已经被定罪，他也只能忍着坏情绪反过来哄我。这或许就是宠爱吧，我仗着他的宠爱肆无忌惮。

我庆幸自己嫁给了他，这个男孩用并不宽阔的肩膀为我撑起了一个坚实的家。

我是个名副其实的小霸王，他又何尝不是一只骄傲的血狼，他包容了我所有的毛病，给了我可以肆无忌惮的底气。

高中时期老师问我："你知道什么是喜欢吗？或许你对他只是欣赏。"那个时候的我或许真的不知道什么是喜欢，什么是爱，但现在看来我没有选错。

感谢先生一路的陪伴与爱护。

02.

遇见她

对于谈恋爱，我真没啥经验！

上学的时候，妈妈告诉我，学生的职责就是学习。妈妈不让我跟女生说话，怕影响我学习，但是我从来没有听过妈妈的话。

以至于后来没考上大学，妈妈在家里愁眉苦脸地拍大腿：

"完了完了，让你不跟女生说话是为了让你好好学习，结果大学没考上，媳妇儿也没了。"

当时我想说其实我并没有让她失望，两头我还是给她保住了一头。

高中的时候，我不爱学习成天逃课，小宝是班里的学霸，老师都劝她离我远点。可她不听就算了，还每天逼着我学习，所以我高中最辉煌的时刻，就是在班里考试排到第24名，一共51人。

这个过程是无比艰辛的，好学生和差学生就像两个阶层，借用电影《让子弹飞》的精神内核：阶级斗争中，有压迫就会有反抗。

所以我又偷偷瞒着她逃课，她发现管不了我，眼神渐渐地也变成了失望，每次看见这个眼神，我都会浑身起鸡皮疙瘩，太像我妈了。

我印象中的爱情，应该是吃吃喝喝，玩玩闹闹，谁会想到碰到一个想让我学习的"佛"。说实话在学校还没像她这样看得起我的人。

我不知道，她怎么会不设置任何关卡就让我成为她的男朋友。为此我有段时间一直怀疑她有所图谋。

记得第一次表白时，因为害羞所以托同学捎小纸条给她，本来我想希望很渺茫，毕竟我俩命格正好对应。

她是学霸，我是学渣！

可是没想到，她竟然同意了。于是我们度过了无数青春期少年无法避开的甜蜜学生时代。

我不爱学习，往常上课要么不在教室，要么就是睡觉、画画、偷偷玩手机。但是当她同意我之后，我每天好好上课，生活开始充实起来。

我喜欢看她的侧脸。

她问我为什么喜欢她，我说她特别像潘多拉。

她说："你是想表达，我是你的世界末日？"

"不是，是游戏里面一个人物！"

有次我在课堂上看她的侧脸，忽然同桌对我说："你有点不一样！"

我赶紧拿出藏在课桌里的镜子，看着镜子里的自己："这个年龄段，男生变帅是很正常的。"

同桌说："你眼睛里面有光！晃着我了。"

"啊？"

"你看她的时候眼睛里有光,很温柔的那种,我从来都没有见过。"

"想让我很温柔地看你?"我看着同桌贱兮兮的样子,"你没事吧。"

一直以来,大家都说我是个冷漠的人,大概是因为小时候没有同龄孩子一起玩,每天待在小村子里面,所以后来才变得沉默寡言。

因此平时我很少说话,很少社交,大家说我冷漠估计也是这个原因吧。

同桌说我眼睛里面有光,是因为每次看着她,我都会幻想着长大以后的生活:我们一起做饭,一起打扫卫生,一起哄孩子。憧憬着我们结婚之后的生活。

因为我幻想着我们,未来的光。

我没考上大学,高中毕业参军入伍。我走的时候并没有告诉她,因为在男生心中,当看到自己与喜欢的人有差距时,会产生自卑。都说自信可以打败一切,自卑也是,无论是生活还是爱情。

刚去部队,我们不允许用手机,将所带的手机统一收缴了,用的是插卡的座机。我们单位训练任务多,一两个月放一次假都是正常的。

班里就一个座机,每次放假都得排队打电话,所以给家里打电话的时间少之又少。很多次我会想起小宝,但最终还是把电话拨给了妈妈。

时间久了,我心想以后还是别联系了,毕竟我这学渣,怎么会配得上前程似锦的她。

偶尔也会想起她坐在教室靠窗的位置，阳光下她的侧脸，光透过她的头发在她的脸上映下光影，她看着讲台上滔滔不绝的老师，又回头看了眼我，然后放下手中的笔，微笑着用口型对我说：看我干吗？

我指了指黑板，示意她赶紧听老师讲课，连她看我一眼，我都怕会影响她的前程。

虽然我换了手机号，但是她的手机号我一直记着。有次放长假，我犹豫了好久，终于小心翼翼地拨通了她的电话。或许她有了自己的生活轨迹，有了属于她的美好，但我就是想打这个电话。

电话响的每一声我都紧张得要死，虽然在心里无数次地排练着我们之间的对话，可没想到电话接通她知道是我后，稀里哗啦地一顿哭，虽然有很多委屈却一句都没有抱怨。她害怕，挂完电话之后，下一通电话不知道还要多久。

她还在等我，一直到现在她都想去我成长的地方看看，好像通过看看，就能了解我受过的苦一样。她还想带我去她的学校看看，她觉得我去看看，就能像我们一直在一起生活一样。

打不了电话，她就开始写信，隔三岔五地通过文字给我分享她的生活。情绪通过文字传递不了，她就把自己画上去。我每天训练的时间很紧张，所以那些信，直到现在还没看完，甚至有很多还没拆开。

每次提到这件事，我都要挨骂，包括这篇文章写出来之后。

虽然一个信封、一支笔几块钱，但是它传递的情感，是手机比不了的。

所以我们对于生活的追求，不要让爱情背锅。

后来我回了家，她不想再忍受异地恋的痛苦，放弃了考研究生，我没有了收入的来源，便开始面临生活真实的一面。

上学的时候没有能力给她买零食，后来没有能力给她买包包。因为爱一个人，她从城里人变成了乡下人。

原来"所爱隔山海，山海皆可平"是真的。

前两年刚退伍时，正好邻县有工厂招工，于是我便想着去工厂打工。她听到这个消息之后，说什么也要跟我一起去。

她家条件好，从来都没想过工厂到底有多苦，仅仅是想陪在我身边，一步都不想离开。

刚去时有两个月的军训，军训的目的就是刷人。两个月刷掉了五分之四的人，她是五分之一。十公里越野，班里一半男生都坚持不下去，掉了队，她却坚持了下来，成了终点仅有的一个女生。

两个月的时间晕倒了三次，这仅仅是她不想让我丢脸的原因。

后来我俩没钱租房子，住在二百块钱没有暖气的屋子里，晚上睡觉盖两层被子加我俩的衣服都冷得发抖。她上班的地方比我的远，自己开着我爸的面包车去上班。自从跟我在一起之后，她好像也不太容易饿。

她从来都没想过在我这儿能得到什么，只是想跟着我一起经历生死，一起努力创造我们的未来。我不知道以后的生活会怎么样，但是有她在我身边，我就有了信仰，宁死也要向前走的信仰。

2021年是不平常的一年，疫情影响了我们的生活，但是对我们来说是值得纪念的一年，因为在那个夏天，小小宝悄悄地来了。

小宝刚怀孕的时候就问我，基本上每天一遍，保大还是保小。我对她说，在你进手术室之前我就对医生说，过会儿万一有事情的话，保大，就别派人出来问了，耽误时间。

本来这种事情发生的概率就小之又小，所以也没当多大回事。直到快生的时候，意外来得猝不及防。

在县医院检查，医生说孕妇血小板指数太低，他们看不了。然后去中医院，中医院说医院承担不了这么大的风险，她又挺着个大肚子跟我们跑到市妇幼保健院，血小板指数是五十多，也不接收，最后跑到市人民医院去问诊。

血小板越掉越快，生之前那几天医生让我签了各种文件，那些文件我一个字一个字地看，越看越害怕。

她吓得掉眼泪，虽然我努力表现得很乐观，可是内心很压抑，因为那些文件里描述的任何一种后果我都无法接受。

医院规定，生孩子只能配偶签字，当自己的名字落款的时候，我知道，此时此刻我就是她在这个世界上，唯一能依靠的人。

小小宝是正月十六出生的，她挑的日子进行剖腹产。说实话我不是很高兴，因为正月十六开学，小小宝以后过生日都会在学校过。我说以后小小宝开学的时候，就请一天假，她说放屁。

我回家跟小小宝玩，一会儿不理她，她就翻个白眼，吃醋了，生气得不理我俩。我抱着小小宝，小小宝想吃奶，哭着找妈妈，她就装模作样地嘲笑我俩离不开她。

我就很纳闷，我又不吃奶。

有时候晚上小小宝哭得不行，我睡着了啥都不知道，她就生气地踹我。我就想，要是再回到阳光撒到教室的那个时候，她打开我写给她的小纸条，她会怎样选择？

如果是我的话，或许我会怕耽误她，给不了她想要的生活，会让她吃很多的苦；或者没有我的话，她会有更好的未来。

但真要让我选择，就算未来还不确定是个什么样子，我还是会选择把小纸条扔给她，因为我怕她被别人欺负。

能让我义无反顾地一路走来，终于能够翱翔天空，有资格回头看自己过往的日子并为之释然的，并不是我有多坚定的信念和多高尚多自律的品格，而是她永远都无条件地在背后拼命地推着我。

推倒宇宙的力量都在我身后，狂风暴雨又算什么？

感谢媳妇儿一路的爱与理解。

03.
遇见光

我曾经失去了属于我的光!

高三后半学期,因为我走的是艺术路线,所以被送到太原艺术学院学习,小宝也被送到其他地方学习。

本来斗志满满以为可以考个好学校,结果艺术培训结束回到教室的那刻,我彻彻底底地迷茫了。

课本上的东西,像是外国人听到了广东话,我知道自己完了。

那会儿她每天吵吵着要给我补课,但是那时的我早已经自暴自弃,打心底失去了所有希望。

我想着她完全可以凭借自己的能力,上一所好大学,所以就打算跟她分道扬镳。

可是她却不愿意放弃,还要和我填一样的志愿。这不是开天大的玩笑吗?我填的最高等级的就是个不入流的,导航都导不到的地方,怎么能让她去这种地方。

于是她跟我说话我就不理她。她以前生气的时候会掐我,但是现在无论她下多大的狠劲,我都无动于衷。

她每天都红着眼眶拿着水杯，拿着零食，让我多喝水别饿着。我打翻她的水杯，告诉她："别瞎耽误工夫了行吗？"

后来偷偷当兵之后，我很久没有联系她，偶尔想起她，会很难过，并不是怕她过得不好，是担心她的男朋友对她不好。

我的生活，黯淡无光。

后来在连队表现优异，获得了很多荣誉，也有了自己的方向，但是我始终感觉，在我的生命里，缺了一道光。就像是在深夜攀登高峰，我拼尽全力地向着前方迈着步子，可是手中的手电筒只能照亮我眼前的路，却照不亮我身旁的风景。

我忽然明白，原来是我失去了我温柔的光。

这组文章第一篇《遇见他》是她写的。对天发誓，我一个字都没改，其实我只是想知道她内心的想法。

她零零碎碎地写了一堆，重点也没写。她说我长得帅她就没写，不过我不怪她，毕竟这个东西是天生的，她写不写也改变不了。

写这篇文章，就是想告诉大家，喜欢的话就把握，勇敢地去追求。我是上辈子拯救了银河系才这么幸运。

但是宇宙中，只有一条银河系！

爱情属于两个人，而不是六个人

    从开始的发现光到一起向光走去，
是爱的过程，
而这束光，
是爱。
只有爱，
才可以一直发光。

    爱就是爱，物质就是物质，放在一起不叫爱情，是交易。

    真正的爱情，是两个相濡以沫的灵魂，互相搀扶到生命的尽头。

十层人间

第五层

愿世间
再无"扶弟魔"

* * *

"大的要让着小的。"

到今天为止,我只听两个人说过这句话,一个是妈妈,一个是已经有两个孩子的姐姐。

记得小时候姐姐最烦的就是这句话,如今当她也成了两个孩子的妈妈,却不经意间地每天挂在嘴边。我没好意思问她为什么会有如此改变,或许这是每个当妈妈的人,教育孩子的"圣经"吧。

即使变成自己曾经最讨厌的模样。

* * *

01.
我是我姐的哥

姐姐家四口人,住在几十平方米的出租屋。因为出生在农村没见过什么世面,所以很向往城市里的生活,于是便带着全家一头扎进了深不见底的城市。

乡下人对城里的认知有限,以为只要生活在城市里,就会摆脱乡下人的标签,哪怕活得很艰辛。

姐姐有两个女儿,大女儿臭子很内向,二女儿二臭很调皮。两个人好的时候像被胶水粘起来了,打架的时候拳击裁判都拉不开。

每次两人发生矛盾,姐姐都会把责任归于臭子身上,二臭再无理取闹,也会有人哄她。

姐姐说,小的不懂事,大的要让着小的。

小时候妈妈就经常说这句话,无论是谁先犯的错,妈妈总是对姐姐说出这句话,所以我小时候在家里才会肆无忌惮。

因为我知道会哭的孩子才可能有糖吃,无论我俩发生什么矛盾,妈妈肯定会偏向我。

爸爸妈妈买的好吃的,虽然说是给我们两个的,但是每次她想吃必须得提前问一下我。她害怕我生气，好像只有我同意给她的才是她的。

不知道有哥哥姐姐的朋友，有没有这种经历，就是对哥哥姐姐从来都是直呼其名。

而我发现这个自己的这个问题，是在不到十岁的时候。

有次猫在家里睡觉，忽然被外面喧闹的声音吵醒，本来我的起床气就大，这一折腾让我心底愤怒不已，于是扯开被子上半身光着膀子就冲出了屋子。

本来就没睡醒，眼睛还处于迷离的状态，结果刚一出院门就被一只横冲直撞的黑猪掀翻在地，脑袋直接磕在了门框上。

本来眼睛就模糊不清，这下好了，顿时眼冒金星。

黑猪进了院门，直奔爷爷那屋，爷爷一着急扬起拐杖要打它，忘记了自己腿还瘸着，一屁股坐到了地上。

十来个人着急忙慌围着猪转，嘴里叫唤着："往院里赶，往院里赶。"

看到我趴地上狼狈的模样，大家嘴里叫唤着："往外面赶，往外面赶。"

我噘起嘴刚准备哭，结果冲出院门的黑猪不识好歹，又狠狠地踩着我的背，重新回到大家的包围圈。

大家像守门员似的张开双手佝偻着腰，惊慌失措的黑猪不敢盲目突破包围圈，左逃右窜得像个准备进攻的足球前锋，而我趴在地上一动不敢动，像足球场新换的草皮。

场面顿时异常尴尬，谁都不敢轻举妄动，虽然现场气氛很紧张，但是我听见了不怀好意的笑声。

我眼睛转到笑声传来的地方，果然是她。

"小笑笑……"

"你笑个屁"还没来得及出嘴，黑猪动了。

由于水泥地的摩擦力足够，黑猪借助脚架的力量冲了出去。

我的嘴是脚架，黑猪借助我的嘴，冲出了包围圈，这比让我妈扇我三天三夜大嘴巴子还要羞耻。

看着大家全都跟着黑猪跑到了猪圈那边，根本没有人问问我到底怎么样，于是我那幼小的心灵受伤极了。

我刚准备哭，又听见了更加猖狂的笑声。

怒火中烧的我挺着快要散了架的身子，费劲地站起身来，跑到了姐姐的面前。

我擦了一把鼻涕："小笑笑，你笑啥？"

她笑得上气不接下气："哈哈，关你屁事，哈哈，我就是，哈哈哈……想起个笑话，哈哈……"

"什么笑话？"我知道她肯定在笑我，看着她越开心，我就越生气，擦了一把留下来的鼻涕，恶狠狠地问她，"小笑笑，你要是讲不出笑话，我就让妈妈打你。"

"哈哈，"她捂着肚子，"哈哈哈……有人……让黑猪踢了，哈哈哈哈……"

本来还以为她还能真编个笑话，然后我就去告状，没想到她说了个这，我顿时想象起刚才的画面，于是没忍住也笑了。

为了掩饰刚才恶狠狠的尴尬，我侧过脸努力憋着笑，可是嘴角总是控制不住地往上扬。

都是那只黑猪，要不是黑猪，我肯定不能这么丢脸。

我转过身，抹了一把鼻涕，擦在她的袖子上，转身跑了。

这次该她生气了，我拼命地跑向大人在的地方，转头看见她嫌弃地将胳膊举起来，对着我骂骂咧咧，我对着她笑得更大声。

我找了半个砖头，跟在大人屁股后面，抓黑猪。

她举着胳膊穿梭在大人之中，抓我。

"小园园，你给我过来……"

"小笑笑真恶心，哈哈……"

本来队伍就乱，大家分工不明确导致捕获黑猪行动屡屡失败，再加上我俩在队伍之间肆意穿梭，让本来无比艰巨的任务更难。

她追不到我，红着脸颊气喘吁吁，我开心地举着砖头装模作样地赶黑猪。

趁着我一不注意，她抓住机会闪现到我身后，我一转头被吓了一跳。

"园园，快去把猪圈门打开。"房后叔叔的话犹如天恩降临般响起。

"好嘞。"我刚准备跑向猪圈，却发现她紧紧地拽着我的衣服，我回头看着她："快放开，我有任务。"

她好不容易抓着我，说什么都不撒手，于是我提高音量一本正经地对着她说："人家都在抓黑猪，你不帮忙就算了，打打闹闹的像个什么样子。"

奶奶一瘸一拐地姗姗来迟,一把打掉了姐姐拽着我衣服的手:"你都这么大了,跟小孩子来什么气。"

她看着大家都看向我们这边,听着奶奶的话,站在原地不知所措,感觉大家都在责怪她,好像就是因为她才抓不到黑猪。

我站在了猪圈门旁边,昂首挺胸得像个英雄。

她站在人群之外挪着步子,垂头丧气得像玉米叶上的毛毛虫。

我看着她,本来想气一下她,结果被要进圈的黑猪,一头撞进了猪圈。

当我被众人救出来之后,大家一边责骂着黑猪,一边互相夸赞着我的勇敢,顿时让我感觉自己无比伟大。

我摇头晃脑地走到她的面前:"小笑笑,来来,打我。"

她知道我是大家的英雄,所以站在原地委屈地看了一眼袖子上的鼻涕,转身抽泣着,慢慢地走回了家。

大家都走了之后,我过去看爷爷修猪圈门,爷爷将拐杖放到一旁,然后一手扶着栅栏,一手拿着钳子拗铁丝。

爷爷的手就像脱了水,在余晖的照耀下显得黝黑,他瞅了一眼猪圈里的黑猪,然后用深邃的目光看着我。

"园啊,我给你讲个故事……

"我小时候啊,家里有只老母猪生了一窝小猪崽,因为家里当时没钱吃饭了,所以就把小猪崽都卖给了当地的地主,留下了一只别人不愿意要的腿瘸的小猪崽。动物都是有感情的,只剩一个孩子的老母猪,格外疼爱这只小猪崽,每次我去猪圈喂它们,老母猪就会在后面看着小猪崽先吃，等到小猪崽吃饱了她才会慢腾腾地跑过去吃剩下的。"爷爷看着我说，"就像天底下每个妈妈一样，都不想让自己的孩子饿肚子。"

"后来我爸爸，也就是你太爷爷，看着老母猪快不行了，就想把它卖掉。但是好几家收猪的看了老母猪之后，都说老母猪太瘦，看起来不太健康，害怕有病就不想收。但是每次有收猪的来，老母猪总是把已经非常健硕的小猪崽堵到角落里，看着猪圈外面的人低声哼哼。小猪崽每次这个时候总是撞翻老母猪，然后在猪圈里上蹿下跳。

"后来我每次去喂食的时候，小猪崽就好像和老母猪结下了梁子，总是冲到槽子里面吃光所有的饭，老母猪好几天吃不上。我看着心疼啊，于是便想着多倒一点饭，没想到小猪崽就算是吃到呕吐，也要吃光。老母猪饿得都走不到槽子那里了，每次靠近槽子，小猪崽都会将老母猪撞翻，不让老母猪吃。"

"小猪崽太没良心了。"听着爷爷的故事，我特别生气，"就算是不管老母猪的死活，但是也不能自己都已经吃饱了，也不让老母猪吃吧。"

"起初我也是这么认为的。"爷爷拿起栅栏上的手套，慢慢地戴上，然后叹了一口气说道，"后来你老太爷对我说，小猪崽是想让老母猪死在猪圈里，而不是死在刀下。"

爷爷试了试圈门，然后在外面用铁链锁上，一只手挂着自己的拐杖，另一只手放到背后，像个农村退休老干部。

我跟在他身后，他慢慢地说："我们都是老母猪和小猪崽，除了家人之外都是收猪的。我老了，说不定哪天就去了，等到我们能保护你的人都不在了，谁来保护你呢？"

忽然感觉到我就是那只小猪崽，每天有好吃的东西总是先吃，好东西都是先拿。这样一看，虽然我和小猪崽的行为一模一样，但是我远远比不上它。

小猪崽对老母猪不好，是为了老母猪，我对小笑笑不好，却是为了我自己。

说不定哪天收猪的来收我，我环顾四周空无一人，唯一能祈祷的，或许只有屠夫大发慈悲。

那天黄昏有整个夏天般漫长，在夕阳西下的那刻，我赶在爷爷前面跑回了家，奶奶烙的糖馅烧饼堆满了案板，小笑笑站在案板前等着长辈发布开饭的号令。

我用在家里独一无二的身份，在案板上拿起一个烧饼，然后回头对她说："我们去院里下米字棋。"

她看着我手里的烧饼羡慕不已，又小心翼翼地看看案板上堆得小山似的烧饼，无奈地对着我点点头。

我俩跑到院里，她用树枝在地上画好棋盘，找来六个大小不一的石子摆放好，蹲在棋盘面前等我落子。

太阳落山后遗留下一片红得发亮的火烧云，在她的背后像一幅油画。如此广阔的天空，将她瘦小的身影，衬托得黯淡无光。这一幕深深地刻在了我的脑海深处。

我将糖馅烧饼递到她的面前,她惊讶地瞪大眼睛看着我,我看着她的眼神愈加不好意思,我尴尬得手足无措,将烧饼紧张地塞进她手里,慌忙走了一步棋。

"姐,该你了。"

其实她笑起来时有两个小酒窝,只不过跟我在一起的时候,我从来没有注意过,或者从来都没有开心过。

原来让一个人开心这么简单。

02.
我的一句话，断送了她的未来

在我的认知中，在漫长的历史长河中，似乎"重男轻女"的思想从来都没有消失，即使是在如今新思想普世的时代。

男孩可以传宗接代，可以扛起家庭的大梁，可以给父母养老送终，而女孩只能接受成为别人家庭成员的命运。

唐朝是，清朝是，如今某些地区也是。

长辈总感觉务农才是正道，他们觉得除了好好种地，其他行业都是不务正业。

而恰恰这种力气活，只有男人才能撑得起，因为女孩子柔弱的肩膀扛不起家族的锄头。

所以我小时候，乡里乡亲的家里，时常会出现这种思想。

同学家里有女孩子不去上学，在家里扛着锄头种地，让男孩子上学的；有女孩子早早嫁人的；有家里三个女孩子去打工，供男孩子一个人上学的。

虽然在我家，爸妈总是希望能够不一样，希望我俩都有出息，但是在有些家庭，就是会有做出选择的时候。

虽然我和姐姐都是妈妈的骨肉,但是天底下哪有绝对的公平?

对于这种不公平,我可以理解,爸妈可以理解,姐姐也可以理解,但是有时候,也很委屈,因为我们都知道:大的要让着小的。

所以,无论是上学还是吃饭,她总是会吃亏。

而她面对这种不公平,也只是安慰自己,自己是大的,哪怕仅仅是一碗三块钱的饸饹面,也要让给我。

我还上小学的时候,她上初中,占地并不大的小镇,我们的学校隔着一条街,她在街北我在街南,两所学校之间的距离就是整个小镇的南北总长。

记得有次爸爸连着跑了两天大车,妈妈害怕爸爸出事,便跟着爸爸去跑大车,走之前想到我和姐姐中午没有饭,于是留给我和姐姐十块钱,说让我们中午放学之后去学校对面的饸饹面馆吃饭。

妈妈把钱给姐姐,但是姐姐说我放学早,让我拿着钱,我先放学了就先去饸饹面馆那里先吃着。

我拿着钱兴高采烈地背着书包跑向学校,因为兜里揣着无比巨大的金额,所以去学校的路上,我只敢一只胳膊挥臂,另一只手紧紧地放在口袋,攥着已经被汗水浸透的十块钱。

我深深地明白这十块钱的含义,是爸爸夜以继日的血汗,也是我和姐姐为数不多的改善生活的机会。

一碗饸饹面三块钱,我一年到头能吃到嘴里的机会,一只手能数得过来。

我紧紧地攥着十块钱,来到学校门口,在准备进学校门口的时候，停下了脚步。

因为我看到了学校门口的小卖部……

小卖部的柜台上，摆放着辣条、泛着诱人的光的"唐僧肉"（一种零食）和干脆面。我站在原地，大脑飞速运转着。

辣条一毛钱一根，我吃十根一块钱还剩九块钱；唐僧肉五毛钱一袋，我吃一袋还剩八块五；干脆面三毛钱一袋，我吃三袋还剩七块六。

当我在同学琅琅读书声的掩护下，坐在教室最后一排啃着干脆面的时候，内心的饥饿感和虚荣心都得到了很大的满足。

午操过后的休息时间，因为吃了辣条和干脆面，我的嗓子无比干燥，但是我看着课桌上妈妈泡的糖水，感到索然无味。

当我一口气干掉半瓶汽水的时候，看着同学们羡慕的眼神，顿时感到神清气爽，无论是身体上还是心灵上，都有着从来没有过的舒服。

我无比自豪地度过了上午的四节课，下课铃声响起的时候，肚子也正好掐着点似的开始咕咕叫。

我掏出兜里的七块一毛钱，高兴地准备去饸饹面馆等着姐姐放学。

但是当我走到学校门口的时候，却看到同学们从小卖部挤了出来，大家手里都不约而同地拿着各式各样的雪糕。

我看着他们的嘴巴在雪糕上舔来舔去，嘴唇旁边残留着的奶油的爽气，顿时感觉全身上下燥热无比，正午的太阳光火辣辣地从我的天灵盖灌进我的胸腔。

一支雪糕五毛钱，吃个雪糕我还能剩六块六。于是我冲进小卖部，进去之后发现还有很多同学，本来想让老板给我拿个小布丁，但是大家都商量好似的，买的都是一块钱的雪糕。

顿时把我本来想说的话，硬生生地给憋了回去。

后来我每次想起这件事情的时候，都会无比愧疚，**在人生漫长旅程中，只有小时候的虚荣心，是最致命的。**

那会儿的虚荣心会包含着，脆弱的心灵，卑微得没有界限的自尊心，以及对周围人眼光的在意。

每个人在小时候，都会有虚荣心，只分对谁和对哪个方面。

但是无论哪种虚荣，都会建立在爸妈的辛苦之上，甚至会对家里其他孩子造成不可弥补的伤害。

笔直的杨柳遮挡着刺眼的烈日，婆娑树影倒映在坑坑洼洼的水泥地上，像极了夜晚学校操场放映的电影幕布，忽闪忽闪，忽闪忽闪，在我脚尖前方，讲述着这个夏天发生的故事。

"园，"姐姐的声音传来，我抬起头看向她跑到我身边，"咋不进去呢？外面不热吗？"

我掏出兜里的五块六毛钱，递到姐姐面前："姐我吃完了，这是剩下的钱，你去吃吧。"

是的，我最终还是没能抵制得了虚荣心，买了个一块钱的雪糕。

她看着我扭扭捏捏又紧张的模样，一下子就看穿了我的内心。她一句话没说，接过钱转身走向了小卖部的方向。

看着我站在原地没动,她生气地回头说:"回家呀,看我给妈妈告状。"

她带着我在小卖部买了两包小康家庭方便面。那会儿小康家庭一袋八毛钱,虽然没有饸饹面贵重,但是对于我俩来说,也算是改善了一下生活。

妈妈回家之后,姐姐从兜里掏出来剩下的四块钱。

当我看到她跑向妈妈的时候,我害怕极了,我紧张到呼吸都不敢发出声音,我知道迎接我的将会是一场延续好几天的狂风暴雨。

"妈,一碗饸饹面三块钱,花了六块,这是剩下的四块钱。"姐姐把钱给妈妈之后,转身对着我使了个恶狠狠的眼神。

我顿时松了一口气,突然放松一下,双腿发软差点没站住。

妈妈抽出一块钱递给姐姐:"不是让你俩每人买个小布丁吗?"

姐姐开心地接过钱,跑了出去,我也紧随其后跑了出去,她边跑边问我:"你以后听话不?"

"我听妈妈话。"我跑得气喘吁吁。

姐姐停下脚步:"我的话你不听?"

"我……"我满不在乎地看着她,"我凭什么听你话?"

"行。"姐姐说着便往回走:"那我给妈妈说说中午吃的啥。"

"别别,我听我听,还不行吗?"

我深知,对付她就得用妈妈吓唬她,她也深知我也最怕妈妈,所以我们两个都死死地掐着对方的命脉。

与此同时,我们也都明白一个道理,就是妈妈肯定会偏向我。

让我惊讶的是:**即使她总是会受欺负,但是每次我犯错误她都**

会主动承担错误；每次我即将受到伤害的时候，她都会保护我；每次我欺负她的时候，她都会包容我。

虽然我不是很明白，她为什么会这么做，但是那时的我，仅仅是想她这样做，是为了讨好我。

每年过年的时候，我家买新衣服有个先后顺序：先给我买然后是她，再者是妈妈和爸爸。因为家里条件不好，所以每次买完了我的，她就只能买个上衣或者买个裤子，妈妈和爸爸的衣服就直接略过了。

有一年过年，家里有点积蓄，给姐姐买了个棉衣，领子上面带毛毛的那种，忘了什么事情她把我惹生气了，我在抽屉里掏出打火机，点着了她的棉衣的毛毛，火势唰一下子蔓延到了她的头发上，她着急地扑灭了火，愣在原地含着眼泪委屈地看着新棉衣。我坐在床上得意地看着她，我知道她肯定不敢骂我。

妈妈扔下切了一半的菜，着急忙慌地跑过来看着姐姐的新棉衣，然后狠狠地给了我一个耳光。

本来还得意扬扬的我，刹那间号啕大哭："她先惹我的，你打我干吗？"

妈妈指着新棉衣上被烧焦的毛毛，对着我一通大骂："你爸爸挣个钱容易吗？你姐她几年能买个新衣服？"

然后对着姐姐骂道："你都多大了，你惹他干吗？"

"我没有惹他……"

姐姐说话了，但没人理她，妈妈感觉只有骂了她，才能让挨了一耳光的我,心里好过一点。

她究竟有没有惹我,已经不重要了,重要的是新棉衣被烧了,我挨了一耳光。

妈妈生气,我们都不好过,我生气她会不好过,但是她生气,并不影响我们过得好不好。

时间这东西,只有当下才是永恒,回忆过去的时候,才会发现,之前的时光像极了乱纪元般支离破碎。

普普通通的生活像岁月里的调味剂,只有偶尔放多了盐,才会忽然发觉,原来我们还在岁月里往前走。

后来她去市里上职中,我来到了她曾经上过的初中。我们分开之后生活变得平淡了许多,偶尔还会想起她,但是更多的是开心。

因为没人会跟我争夺那些为数不多的爱。

我上了初中,她上了职中,家里的花销突然加大了,爸爸即使更加努力工作,可也填补不了这么大的开销。

有天下午,妈妈把我叫到屋里,平静地看着我,看着她支支吾吾欲言又止的模样,我不明所以。

爸爸坐在一旁抽着烟,本就不多的头发,在阳光下显得灰蒙蒙的。

妈妈沉默半天,终于开了口:"家里供不起两个人了,你看,你和你姐谁上学?"

我没想到竟然是这么严重的问题,我顿时不知道该怎么回答。

我想了想,然后说:"我上。"

爸爸平静地看向我，妈妈又问我："你确定？"

我说："嗯，我上。"

妈妈又重复一遍："你上的话，你姐姐就不上了。"

"嗯，我上……"

当时她也不在旁边，所以我不知道妈妈有没有跟她商量，也许是直接通知她，也许她到现在都不知道这件事情。

我仅仅用一句话，就断送了她的未来，仅仅是因为，大的要让着小的。

在我的认知中，所有人都在替我挨刀，我却被大家塞进了身后的角落，大家竭尽全力地为我撑伞，而当时的我却认为理所应当。

当保护成为本能，就会成为牺牲的前锋，而被保护的人，永远都只会活在愧疚和遗憾当中，即使未来再怎么弥补，都抹不去回忆，所以，被爱的人是幸福的，同时也是悲痛的。

03.
我弄丢了我的第二个"妈妈"

我一直都相信一句话：**此时的分别是为了更好的相逢。**

每次和人分别的时候，我也会说再见，但是每次说再见的时候，我想表达的并不是离别的含义，而是想表达，我们还会再次相见。

所以"再见"并不是此刻的离别，而是对未来的期盼。

我们习惯对每个即将离别的人说再见，可是能再见的人却没有几个，许许多多的人说完再见之后，就真的再也不见。

从潦草的最后一面，直到生命终结的时刻。

就像花粉，当它被风带走的时候，就注定不会和花朵相见。

即使心存挂念，但是它们之间也会永远有着无法丈量的距离。

就像我和姐姐。

后来她结婚的时候我在想，她是不是受够了这个偏心的家庭，所以想尽快远离。

她结婚的时候，给我买了一件我从小到大穿过的最贵的衣服——一件二百块钱的皮夹克。虽然现在还留着，但是已经穿不上了。

她走的时候哭得很厉害，当我反应过来她以后就不会属于我的时候，我才终于明白，我弄丢了我的第二个"妈妈"。

我想把小时候的好吃的都给她，我想给她买个一万块钱的棉衣，我可以出门打工供她上学，我对之前欺负她的事情道歉，可是，我已经抢走了本应该属于她的所有的爱。

结婚之后，爸爸妈妈一直都很愧疚，我也很愧疚，她却不以为然。她并没有对我们产生偏见，我不在家的这五年里，家里大大小小的事情都是她张罗，没过过生日的她从来没落下过爸妈的生日，无论多远都陪着爸妈去看病，家里收玉米时，怕他俩累着都会回家帮忙。

她喜欢跟妈妈拍视频，并且满足妈妈各种各样的严格要求，这样她会感觉到妈妈对她的爱。有了孩子之后，爸爸喜欢给外孙女买各种各样的东西，她总是很多抱怨。而爸爸是想弥补姐姐缺失的爱，姐姐怕爸爸过不好。

回家之后，每次去县城我都会住在她家，吃在她家。她时不时给我买衣服，问我钱够不够花。我很纳闷，难道她很怀念以前被欺负的日子吗？

现在我不敢欺负她，她性子软，所以我很担心她会在她家受欺负，毕竟她家四口人，只有她姓侯。如果我还要欺负她的话，她就真没了依靠。

所幸姐夫对姐姐很好，也很努力，前不久借了点钱开了个修车店。店里很忙，姐夫每天修车，姐姐除了看店，还要接送两个孩子上学放学，还要做饭。

爸妈来了，还要陪着爸妈办事，去这儿去那儿，从没有过任何怨言。爸爸给臭子、二臭买的东西总得买上两份，万一分不均，两个人就会开启一场大战。

每次到了这个时候，姐姐就会严厉地批评臭子，臭子眼泪汪汪地问她为什么不说妹妹。姐姐会说，妹妹还小不懂事。

她把大部分爱都分给了妹妹，却把成长的任务留给了姐姐。

臭子像个透明人，自己跑到角落哭，最后没人理她，过会儿就又会摆个笑脸跑去找妹妹玩，带着妹妹在院子里疯。每次臭子去个什么地方，二臭必须跟着，每天欺负姐姐，又离不开姐姐。

二臭不知道上辈子积了多少德，让老天赐给了她第二个"妈妈"。

我没做过老大，所以不懂她们的内心世界。

但是作为家里不懂事的那个，不知道有多幸福。

虽然她从小到大，都最讨厌"大的要让着小的"，但是最终还是变成了自己曾经最讨厌的模样。

不知道是遗传还是别的什么原因，但是当姐姐每次在她的大宝和二宝之间做出选择的时候，都肩负着责任。

有人说，这个世界上最难的职业是妈妈，最卑微的职业是妈妈，最辛苦的职业是妈妈。

但是，最伟大的职业也是妈妈。

以前我一直以为，妈妈虽然嘴里说着"不要重男轻女"，但是行动上做着重男轻女的事情，简直是双标行为。

但是当姐姐做了妈妈之后，我才明白，原来两个孩子之间，无论男女，都会是"大的要让着小的"。

后来我结婚之后，媳妇执意只要一个孩子，她说她想把所有的爱，都留给一个孩子，而不是把所有的爱给了第一个孩子，等到第二个孩子降临之后，再拆分第一个孩子的所有的爱。

毕竟，每个小孩都想要爸爸妈妈的爱，每个小孩的快乐，也只有爸爸妈妈能给。

所以"大的要让着小的"并不是教育孩子的"圣经"，也不值得被歌颂和抨击。

对于大的，这是一场感受爱的旅程；对于小的，这是一场感受被爱的旅程；对于爸妈，只有爱和被爱同时存在维持平衡，才是一个完整的家庭。

妈妈并没有肆意溺爱我，却让我忽视了被爱的真实含义，所以我懂得：

虽然她没有凯迪拉克，没有汤臣一品，没有富可敌国，也没有传世佳作，但是她用瘦弱的肩膀，替我抵挡世间风雪。

今天，当我终于在她的保护下，可以张开翅膀迎风翱翔的时候，我也能在狂风暴雨面前，将她紧紧地护在身后。

曾经，我是小猪崽；以后，我也是小猪崽。

或许一直以来，我们并不明白小猪崽真正的含义，但是当我们终于明白这一点的时候，也为时不晚。

所以好好感谢一下我们的第二个爸爸妈妈吧。

写给我的哥哥、姐姐。

十层人间

第六层

爷爷说，
以后过年别回家了

* * *

　　四年前爷爷在电话里让我别回家，后来我们就真的再也没有见过面。这事不能怪我，是他先不理我的。

　　今天，爸爸说要带我回爷爷家，我心想我都二十多岁了，跟个老头一般见识干啥，他满嘴就一颗牙说话还漏风，随他爱说什么就说什么吧。

　　好吧，老头，我原谅你了！

* * *

01.
爷爷奶奶"死对头"

我们回家要走40公里的山路，弯弯绕绕的，穿梭在山川河流之间。

记得我上学时，总是坐客车回家，那会儿这条山路还没修好，回家的时间要取决于客车司机当时的心情。慢的话一个小时，快的话五十分钟，不要命的话半个小时能把我送到我家炕上。

我很讨厌坐客车，山路颠簸得跟蹦迪似的，更何况我每次坐车总是想睡觉，这就让我非常难受。

那会儿爷爷总会给我讲他和奶奶用8小时走40公里去县城的故事。想想我坐客车的这一个多小时都难受得要命，爷爷奶奶走路的8个小时，到底是怎么坚持下来的？

有一次我问他："这么危险的山路，出事了也没人知道，你不害怕吗？"

爷爷说："既然去了，就已经在路上了，还想这些干啥！"

他其实是想说，既然有了目标，而且已经走出了避风港，就算前面遇到沙尘暴又如何？

我说:"那万一天黑了还没有走到目的地怎么办?"他说:"总会天亮的。"

想到这儿,我就能想到他俩一路上,奶奶性子急走在前面,爷爷一瘸一拐地跟在后面,奶奶时不时地回头骂骂咧咧地嫌爷爷太慢,爷爷咬着牙再往前小跑两步的场景。

怎么说呢?其实我也不知道他俩怎么过到一起的,难道是因为奶奶是村里情报系统的重要组织者,爷爷看上了奶奶的地位?谁知道呢,而且这一过还是一辈子。

好在,现在山路修好了,很直很宽很顺滑,基本上开车只要半个小时就能到家。

可是,我好像很久没有回家了。

从我记事儿起,奶奶就每天清晨五点钟起床。从起床后到临睡前,她会把世间万物都骂上一遍,花啦草啦鸡啦狗啦无一幸免。没办法,她是个刀子嘴豆腐心,只不过苦了这些花花草草。现在距离她去世已经整整八年了,我家院子里就没长过草。

爷爷作为"第一受害人",仅是我从小到大目击到的现场就数不胜数,更别提我不在他俩身边的时候了。

所以我一直认为,爷爷非常懦弱,是个妻管严。

直到……

很多农村都有这样的情况存在——婆媳关系永远不明不白。

我妈妈那会儿和我奶奶关系不好,住在一起的时候,奶奶每天都是用锅碗瓢盆的响声叫我们起床的。没办法,那会儿农村很多都这样，婆婆想要"收拾"儿媳妇，儿媳妇又想在家里有地位，所以就会出现这种情况。

我们这些"局外人"敢怒不敢言。都明白婆媳之间的战斗胜似千军万马，狂奔于正午日头下的黄土地上。

有一次在她俩的"战斗"过程中，我从妈妈的屋子跑到奶奶的屋子里拿东西，正跑着，火钳子划过空中，正中我额头，转而鲜血模糊了我的右眼。

我摸了一下额头，看到满手鲜血，哇地哭了出来。

然而她俩并没有发现我受伤，反而把炮火转到我身上。

"哭什么哭，去找你奶奶！"

"你就跟你妈学吧！"

一般遇到这种情况，爸爸和爷爷都默不作声，因为谁都管不了，弄不好还会引火烧身。可这次，意外出现了。

两个人越骂越起劲，奶奶骂着骂着激动了就要上手，爷爷赶紧上去拽住奶奶。

奶奶是典型的老派村里老太太性格，爷爷越拉，她力气越大，还拿起门后的笤帚要打妈妈，急得爷爷一把夺过奶奶手中的笤帚摔到地上，扯着嗓门骂奶奶。

这还是我第一次见到爷爷发脾气，当时的他把拐杖都扔到了一边，骂得奶奶火冒三丈。我当时心底就一个想法，这哪是我爷爷呀，这是秦琼啊。

后来因为这件事，爷爷挨了好几年骂，不过他也没在放心里。

因为那天如果奶奶真打下去，说不定现在我家已经不是家了。

所以有时候，爷爷挺爷们儿的。

虽然爷爷奶奶看上去关系不怎么好，可每天一起起床，一起种地，一起上山采药，一起在鸡毛蒜皮中慢慢变老，谁又敢说他们关系不好呢？

反观现在的很多年轻人，发生个口角就随随便便离婚，把托付两个字当作哄骗发生关系的把戏，对责任视若无睹。

爷爷对奶奶没有过什么承诺，没过过什么纪念日，没什么能代表他俩长长久久的物件，只有艰难搀扶着好好过日子的念头。

然后就是一辈子。

爷爷其实挺疼奶奶的，在我看来爷爷的这些懦弱的表现不是怕奶奶，而是心里装着奶奶。

从小到大在我的印象中，每年蝉鸣的季节，他俩都会上山采药。

每天公鸡叫第一声时，他俩就会拖着腿扶着腰从被窝里爬出来，奶奶在院子里拿上两个编织袋，爷爷用塑料袋包好三四个馒头，背上一壶水。走出院门时，天空还是黑漆漆的一片，在此起彼伏的狗吠声中，两人顺着记忆中的脚步，走向了大山深处。

采药并不简单，药材总是长在藤蔓中、山腰间、悬崖峭壁边上，于是爷爷的拐杖便起了作用。

爷爷将干粮放在脚边，一手扶着树，另一只手横起拐杖伸向够不到的药材，颤抖的手握着延伸出去的拐杖，像是在和长者药材的树枝打太极，好不容易纠缠在了一起，爷爷再使出全身力气拽回来，奶奶则一把抓住爷爷勾回来的树枝。

奶奶佝偻着腰，双腿朝后弯曲地坐着，爷爷扔掉拐杖，将双腿扎在地上，在奶奶的骂声中，两只手颤抖着摘药材。

摘完了眼前的，他会弯下腰用两只手将不方便的左腿换个角度，站起身让右腿赶紧跟过来。

这样的工作效率，往往摘不了几棵树就到晌午了。

奶奶还是骂骂咧咧地扛着编织袋找个树荫坐下，嘴里嘟嘟囔囔着：

"这连翘长得，跟坏肚子了一样……"

"这天能把人热死，也不知道为啥这么热……"

"你能把人磨叽死，拖拖拉拉的……"

在奶奶的絮叨声中，爷爷一边掏出塑料袋里的馒头递给奶奶，一边走到附近有点高度的石头上坐下，扯起脖子上早就破了洞的灰红色毛巾，一下一下擦那顺着额头流下的汗。

爷爷从来不先吃馒头，多少年都是这么过来的，他要等奶奶吃完后再吃，因为他不确定奶奶今天饿不饿，会吃几个。

同样地，等奶奶确定自己补水补得差不多了，爷爷才会拿起水壶喝水。

可即使这样，爷爷也免不了受到奶奶的数落：

"毛病可多了，你吃你的管我干啥，等我吃完，你还能有的吃？"

爷爷这辈子什么都会让着奶奶，虽然他俩从来没有安宁地过过一天，但是在我眼里，他俩已经胜过夫妻，是没有血缘关系的亲人。互相推搡着，却自始至终不会分开。

我高二时，奶奶的身体开始每况愈下。以前给我放弹弓的抽屉，堆满了她的止疼片，那些药片掩埋了抽屉底部充满岁月的划痕，仿佛也要掩埋掉奶奶来过的踪迹。

一开始奶奶每天吃三四片，到我高中快毕业时，变成了每天吃好几顿，一顿吃六七片。比吃饭的次数还要多。

她难受，她疼。

爷爷坐在沙发上静静地看着在床上翻来覆去的奶奶，只能一次又一次地把一把又一把的止疼片给奶奶送去。

"还疼吗？"

"咋不疼！"

"你忍忍，这不能多吃。"

我高中毕业的那个暑假，是爷爷奶奶最难熬的一个夏天。

早上公鸡打鸣，再也没办法把爷爷奶奶同时叫下床。爷爷艰难地爬下床去做早饭，要知道在这之前，家里的家务活都是奶奶做的。

做好饭后，爷爷将饭端到床前，叫醒奶奶。奶奶"哎哟，哎哟"地带着颤音，费劲地张开嘴。爷爷静静地看着奶奶，希望奶奶赶紧好起来，因为他做的饭很难吃，也不只因为他做的饭很难吃。

我暑假快要结束时，奶奶已经满头白发，不吃不喝，身体像瘪了的气球一样瘦骨嶙峋，家里人都知道奶奶快不行了。

那一次，奶奶让爷爷给她拿止疼片，爷爷缓缓地将手里一大把止疼片放到奶奶手里，奶奶的手已经抬不起来了。爷爷颤抖着手，将止疼片一片、一片、又一片慢慢送进奶奶嘴里，端起碗让奶奶喝水顺下去。

可是，奶奶吃止疼片已经没用了，一次十几片也没用。

爷爷坐在床边，像是一座年久失修的雕塑，静静地看着奶奶痛苦地哀号，忘记了颤抖的手还端着碗，碗里的水洒到褥子上竟也浑然不知。

爷爷眼神空洞，大声却有气无力地说："你死吧，死了就不疼了。"

奶奶张了张嘴，又闭上，骂了一辈子，现在却一个字也说不出来了。

家里人悲痛万分。我记得那一天家里来了很多亲戚，大家都在安慰爷爷，希望爷爷不要难过。爷爷又变回了往日爱笑的样子，对每个去看他的人都热情地打招呼，好像这不是奶奶的葬礼，而是在过年走亲戚。

直到奶奶出殡的那天，爷爷哭得跟个孩子似的。

他哭着大喊："你走了，我咋办啊……"

我想，爷爷笑，是为奶奶终于不用再受苦而高兴，哭，是因为以后这个家真的彻底安静了。

他一辈子都在听奶奶的话，唯一一次奶奶听爷爷的话，没想到竟是最后一次。

爷爷大概还有很多话想说给奶奶听，但是已经晚了。

所以有些事情一定要在活着的时候做，因为人死了就再也看不到、再也听不到了。

我们无法预知明天和意外哪个先来,不如趁现在,及时地告诉他"我爱你""我想你了""对不起""我错了""其实不是这样的""期待再见""祝你幸福""明天要快乐"……

不要让我们憋在心底的任何一句话,成为永远说不出口的遗憾。

02.
一双滑板鞋

以前爷爷拄着拐杖上山挖药材的时候,我跟着他去过一次,结果还没到地方就边哭边说想要回家,爷爷拿拐杖那头指着我:"大男人哭啥哭,憋回去,娘们儿唧唧的。"

他说,男人受了委屈要藏在肚子里。要让家里人知道:能扛起家的人,是不会被打败的。如果哭了,这个家就会摇摇欲坠。

久而久之,我也记住了,作为顶天立地的男子汉,不应该哭。

后来每次跌落低谷时,我总会想到他用拐杖做桥梁,他拽那头我拽这头,他带着伤痕累累的我回家。

再坚持坚持,桥梁以外的人,就不用那么辛苦了。

一直以来,只要在爷爷身边,我就没有受到过欺负。

虽然爷爷是爸爸的爸爸,但是爷爷很怕爸爸,可能是因为时代不同,处理事情的方式也不同。有时候爷爷做错事情,爸爸会很严厉地批评爷爷,爷爷听到后也不说话。

例外的是,每次爸爸批评我的时候,爷爷就会挺身而出,即使爸爸不服，但爷爷还是义无反顾地支持我。

所以我在爷爷身边时才会特别有安全感。

家里盖的房子让爷爷和爸爸煞费苦心，在我心里，是别墅一样的存在。只不过这栋"别墅"，经常有蟑螂、蛤蟆在里面蹦跶，也有蜘蛛在房顶角落和我们一起生活，还有老鼠会在夜深人静时偶尔陪着我睡觉。

我小时候跟着爷爷奶奶睡，我们三个人的床是用两条长凳垫起来的，翻个身都害怕床翻掉的那种。

那会儿爷爷晚上总是枕两个枕头，上面再垫个冬天穿的衣服，躺下之后爷爷总会高出我很多，我就藏在他身后，特别有安全感。

虽然那会儿盖的被子全是补丁，身下的褥子硬得跟睡地上没什么两样，而且还很挤，但就是在这个翻不了身的地方，我每天睡觉什么都不用想，就算怪兽突然出现在我面前，我也不害怕。

因为就算它们来了，我还有爷爷保护我呢！

我长大些，爷爷的身后就睡不下我了，于是我就搬到了另一张床上——另一张用三条长板凳拼起来的床板上。

分开睡之后，爷爷给我挡怪兽的任务就被解除了，但又换了一项任务——开灯。

每天晚上爷爷把灯的拉线一拉，四周一片漆黑，这时我总会想点乱七八糟的东西，因为我害怕一个人睡。虽然还在同一间屋子里，但我就是莫名其妙地害怕。

于是我总会悄悄地用被子蒙着头，然后特别小声地喊"爷爷"。

"嗯？咋啦？"

"我害怕……"

啪。

每次我害怕的时候，爷爷就会把灯留到天亮，虽然奶奶总是抱怨电费很贵，但是爷爷会跟奶奶说，他等孙子睡了就关灯。

可是每次等不到我睡着，他就睡着了。

有一次关灯之后，我迷迷糊糊快睡着的时候，身上的被子忽然动了一下，吓得我打了一激灵。

醒了之后又发现什么动静都没有了，还以为自己发癔症了，于是没当回事继续睡觉。

又快睡着的时候，忽然感觉有人拽我的被子，就在我腰的位置，非常明显地拽被子，好像要把我的被子扯掉。

我顿时头皮发麻，我知道那不是梦，我硬挺着不敢动，同拽被子的力对峙着。

眼看我的被子就要被拽下去了，我用颤抖的声音喊爷爷。

"爷爷，爷爷，快开灯！"

啪——灯开了，一只大黑耗子从我的腰上爬了过去，吓得我一屁股坐了起来，那只大黑耗子顺着窗户爬到了房梁上，然后哧溜一下顺着墙爬到了天花板墙角，钻进了洞里。

那天晚上我又抱着被子，睡到了爷爷身后。

后来我睡过地下室，睡过整栋楼都没有人的办公室，也睡过墓地，虽然没有爷爷挡在身前，但我没有再害怕过黑夜。

和童年一起离去的，还有那个需要他们保护的我。

我知道，岁月逝去，有聚有散，当我在他们身后慢慢长大之后，我也会变成他们的模样，挡在需要保护的人身前。

其实，爷爷对我的爱用现在的话来说，算是溺爱。

小时候我知道大人挣钱不容易，但这对我来说并不重要，重要的是我的开心。

有一次我跟着爷爷去隔壁村的小卖部买盐，偶然间看到放在货架上的滑板鞋，我突然想到电视里的场景：一个时尚的男孩穿着滑板鞋呼啸而过，穿梭在大街上，散发着自由的气息。

我指着那双滑板鞋："爷爷，我想要这个。"

爷爷笑着问老板："这个多少钱？"

"四十。"

爷爷转头看着我，犯了难，看看我期待的眼神，又看看花里胡哨的滑板鞋："这鞋咋穿呢？怎么底下还带轮胎呢？"

"滑着跑的。"老板添油加醋，"小孩子都喜欢这玩意儿，卖得可火了。"

爷爷有点尴尬，眼神瞟到我身上，又躲闪着不敢看向老板，张了张嘴："我没带钱，咱们回去取钱，然后再来买。"

听见爷爷要给我买，我高兴地跑出了小卖部。回家的路上爷爷一瘸一拐地跟在我身后，我因为着急回家取钱，每跑几步就回头催促爷爷，爷爷一边应承着，一边慌忙追上我。

回到家后我并没有进屋，而是等着爷爷取钱出来。

等了半晌，爷爷终于出来了，我兴高采烈地拉着爷爷就要走，爷爷却叫住了我："过几天买吧……"

我顿时愣在原地，失望地看着他。

"家里没有四十块钱。"

他的这句话如五雷轰顶，我失望极了，甩开他的手，跑回了爸爸的屋子。

因为这件事情，我好几天没有理爷爷。他有事没事就来讨好我，给我做弹弓，但我没要，转手把弹弓扔到了院子里。那时我看到他的眼里满是愧疚，可我丝毫不在意，谁让他先骗我的。

过了几个星期，我已经把这件事抛之脑后了，我和爷爷也早已和好如初。没想到有一天，他突然叫我去他家。

"园，来，给你看个好东西！"

"爷爷，我弹弓还能玩……什么？滑板鞋？"

当我穿上滑板鞋，在门前路上东倒西歪地摔了好几跤的时候，爷爷笑出了眼泪，虽然我腿上蹭破了皮，但依然特别开心。我感觉自己是全世界最酷的小孩。

夜空繁星点点，窗外传来断断续续的几声蛤蟆叫，屋里的白炽灯照不亮昏黄的墙壁，爷爷带着穿滑板鞋的我到老姑家，他坐在门外的马扎上抽着烟袋，我坐在屋子里看电视，烟雾顺着窗户飘到我和电视机之间，如今回想起来都觉得像梦一样。

老姑将晒干的一把把药材放回编织袋："爹，好几天不来了，娘呢？"

爷爷将抽完的烟灰磕到鞋底："这段时间累坏了，在家躺着呢。"

"你俩可挣下钱了，没死没活地干。"

爷爷笑笑没说话，往烟袋里塞上烟丝，抽了一口之后，犹豫着对老姑说："家里还有多余的面吗？借点。"

老姑停下手中的动作，抬头看着爷爷。我躲在窗户后面，安静地听着他俩的对话，老姑扶着腿站起来，朝里屋走去。

听见老姑进屋的动静，我慌忙坐好，为了不让老姑发现我在偷听，我一动不动地看着电视里的《虹猫蓝兔七侠传》。

电视里的黑小虎说："你并没有欠我什么，这都是我自愿的。"

直到现在回想起当年这个场景，我内心深处总像被刀割一般。我曾经不懂，为什么我已经把这件事忘了，而爷爷还要拼尽全力完成我的心愿。

现在我明白，因为我说错了话："你没钱就没钱，为什么骗我？"

在我上学的时候，奶奶总是当着我爸和我妈的面给我钱，好让他们知道给过我钱了，但是这些钱往往都会上缴——爸妈会从我的生活费里扣除。

而爷爷不一样。每次我走之前，他都会把我叫进屋里，然后从外套里面的口袋里掏出一个塑料袋，随着"呲呲啦啦"的声音缓缓掏出塑料袋里被叠得整整齐齐的破旧手帕，露出里面为数不多的几张零钱。

他总会挑出面值最大的一张给我，然后弯下腰，把脑袋凑到我耳旁："别跟你妈说。"

刚开始的时候，我会很开心地拿着，因为到学校后我可以买很多很多零食，但是慢慢长大后，我知道他挣钱不容易，于是开始推辞。

可就算推辞，爷爷还是会在每次我上学离开家之前，把我喊进屋。

我叫嚷着，态度非常坚决，我也看到了他眼神中的失落，但是我想，比起失落，总比他过得不好强。

我高中时，一次开学前，爷爷又把我叫进屋，说什么都要给我钱，我不要，就那么互相拉扯着，刚好碰见我妈进来喊我坐车。她看着爷爷手中的十块钱和我推辞的样子，对我说："拿着吧，你爷爷的一点心意。"

因为我妈这样说，再加上我着急赶车，于是我一边将十块钱攥进手里，一边跑出屋，都忘了和爷爷说再见。

出了屋子，妈妈说："虽然没多少钱，但是你拿了，他心里好受。"

我顿时明白，之前我推辞是想让爷爷觉得我懂事了，可是也让爷爷感觉我和他疏远了。

他可以没日没夜地采药挣钱，可以帮我实现心愿，因为这样他就可以参与我的成长。

他不想看到我懂事，只想看到我开心。

十块钱对于我来说不算什么，但对于他来说，可以让他过得好一点。他想让我过得好一点，哪怕一点点。

后来，就在奶奶去世的那个夏天，我也去当兵了。他同时失去了两个最重要的人，变得很孤单。

我很讨厌家里的一个传统：报喜不报忧。

在部队时，每次我打电话回家，他们都告诉我爷爷很好，能吃能喝，依旧每天上山采药材。但是当我休假回家的时候才发现，爷爷的身体变得很差。

以前奶奶在时，虽然他每天挨骂，但是有奶奶给他做饭。现在奶奶不在了，每天都是妈妈给他送饭。爷爷是个不愿意麻烦别人的性格，爸爸也是，我也是，所以我特别理解爷爷的心情。

妈妈送一顿饭，爷爷能吃好几顿，然后对妈妈说别老给他送饭了，他还有，吃不完。

我感觉他不像在养老，更像是一个在家里流浪的乞丐。

他看着家里人每天忙忙碌碌，自己却是个一无是处的老头，所以拼命地想发挥点自己的作用。

我休假回家时，他看着我，笑得特别开心，可他总是赶我走，说总跟老头子在一起干啥，好不容易回来一趟，出去玩吧。

我走的时候，他给我的钱更多了。

我想推辞，可是我每次一走就是一年，我怕我不拿，他会遗憾一年，可我更怕拿了，就拿走了他所有的积蓄。

那些钱可能不够我买一双鞋，却能让他好好地活好几年。

我知道，相比好好地活几年，用他的钱给我买双鞋，更值得他高兴。

我很想告诉他,我现在有工资,不再喜欢滑板鞋,不爱吃零食,可是我不敢,我害怕他失落。

他想让我一直是那个长不大的孩子,那个哭着闹着让他帮我完成心愿的不懂事的小屁孩儿。

他颤抖着手掏出手帕里仅有的一百三十元钱塞进我手里,剩下几张五元的和一元的,满脸笑容地看着我:"去了部队,记得把饭吃好。"除了这句话,他也不知道该说些什么。

我们之间的代沟太大了,大到我听懂了这句话,又好像不懂。

每次去部队前,爸妈会把我送到车站,但是爷爷只能把我送到家门口,每次车转弯时我一回头,总能看着他悄悄地抹眼泪。

他想把我送到村口,送到车站,送到机场,送到远方,送到他能看得到的未来……

他想,可是,他无能为力。

03.

坏老头

在我的记忆中,爷爷始终一条腿长一条腿短。因为他的左大腿装着五十厘米长的钢板。什么叫硬骨头?我想也不过如此了。

所以我曾经信誓旦旦地对他说,等我以后挣了钱,一定帮他把这玩意儿取走。

那天我在部队,爸爸打视频告诉我,爷爷快不行了。

视频里的他弱不禁风,连抬头都得爸爸扶着脑袋,爸爸说他已经不认识所有人了。

但当他看到我后,却对着手机口齿不清地说道:"园啊,我好着呢,你吃饭吃饱啊。"

这是爷爷留给我的最后一句话,也是留在这个世界的最后一句话。

谁都没想到,他忘了儿子、女儿,忘了身边其他的人,唯独记得我。

后来,我爸把爷爷这辈子的积蓄——三百四十块钱递到我手里,说爷爷嘱咐过他,一定要把这钱给我。这糊涂老头,儿子、女儿养了他后半辈子,他不把钱留给他们,却给了他日思夜想都见不到的人。

直到那天,爷爷腿里的那块钢板还在他的身体里。他带走了钢板,也带走了我的愿望,给我留下了一辈子的遗憾。

我猜他是故意的,这坏老头。

如今,爷爷的家杂草丛生,荆棘遍布。

我和爷爷已经三年零八个月、1365天没有说话了,爸爸他们每年都会来收拾爷爷的家,害怕有一天花草长得太快,挡住爷爷的眼睛。

以前每到过年,我去给他拜年的时候,他都会说:"我娃懂事了,长大了。"

他还说过,等他走了之后,过年就不要回去了,清明节再去看看他,免得让山上那几个老头笑话他,说他没家人。

"我娃懂事了,长大了……"再听到这句话,大概就是每年的清明节了吧。

你看"长大"这两个字,连个偏旁都没有。是不是在亲人一点点离开,我们一点点变得无依无靠之后,才算真的长大?

从前我睡在爷爷旁边,一直到我23岁。

现在他永远睡在了这里。

而终有一天,我也会和爷爷一起睡在这里。

在我们遥远的记忆中，有过这些人：拄着拐杖的、满头白发的、走路一瘸一拐的，他们无条件地溺爱着我们。

等到我们慢慢长大之后，习惯了独自前行，回想起那些时光，他们的七十岁，填满了我们的十七岁。

或许记忆早已模糊不清，但是他们值得永远留在我们的岁月之中。

十层人间

第七层

我的
奇迹兄弟

* * *

前段时间在手机上看到一则新闻，某些不知道是不是专家的"专家"说：中国现在家庭平均资产300万。

新闻报道得云淡风轻，好像对于屏幕前的我们来说确有其事，我默默攥住了口袋里的银行卡，并不是害怕别人把我的三百万偷去，而是上有老下有小的我，此时一万块钱都拿不出来。

所以对于这样的网络新闻，我一般都是闭着眼睛看，你怎么看？

这是我的弟兄奇迹的故事，十一个弟兄中的其中一个。十一个人，五个当兵，四个在电子厂，一个经理，一个厨师。虽然我算是我们之间最帅的那一个，但是绝对不是最努力的那个。

当初我们是马上要分开的时候，大家约定，以后无论混成什么样，一定不能忘了彼此，一定要互相帮助和搀扶。

如今十年已到，大家浪迹天涯，从那之后再没聚齐过。

没想到就连那张唯一的合照，也随着时间的推移变得越来越模糊。

说不清楚怎么回事，反正感觉大家都长大了。要知道以前我们发生过的最大的矛盾，就是五六个人偷偷在厕所抽一根烟，最后一个人烫嘴。

而奇迹，就是最后一个人。

* * *

01.
妈和教养的关系

奇迹，二十八岁，忠厚老实，未婚，独自生活，虽然腿出过车祸但是能干。他在工地做大工小工，塔吊司机，卖水果，等等；爱喝啤酒，二锅头，等等。好像很多他这种日子过得不上不下的群体的人都喜爱喝酒。

我猜他们喝酒就两个目的，一是喝给别人，为了能从别人那儿挣点钱，讨好别人，即使在别人眼中自己什么都不是，但是也必须得喝。二是喝给自己，喝给自己不平易的人生，惨淡的生活和孤独的灵魂。

所以如果自己身边谁喝醉了吹牛的话，在保证不出事的情况下，尽量不要打断他，那会儿的他正在梦里过着自己想要的人生。

奇迹在单亲家庭长大。上小学的时候，他的爸爸妈妈离婚，哥哥判给了妈妈，他判给了爸爸。和很多电视剧里演的一样，单亲家庭在学校总会受到不公正的待遇。

同学们对他恶作剧，冷嘲热讽是家常便饭。

别人的家长都说让自己的孩子离他远点,好像他得了传染病一样,时间久了,大家甚至说这些话的时候都不会避开他。

大家这样肆无忌惮,是因为他们知道,他没有妈妈。

好像没妈的孩子没教养,是这个世界公认的。

奇迹小学的时候,和我同桌,关于他的大大小小的事情他都会给我分享,所以没有教养这件事情也是他告诉我的。

他说与其让别人每天在背后说自己没教养,还不如把这三个字光明正大地挂在脸上。

但是他明明告诉自己没教养,结果还是没胆子去对着欺负他的人"没教养"。这点我就特别佩服,那么小的孩子竟然能有异于常人的隐忍,没有底线的隐忍,面对任何恶意依然可以满脸笑容。

有些班里总有霸道,无论是在以前还是现在。

有次课间休息奇迹去上厕所,班里坏小孩把蛤蟆偷偷放到奇迹的文具盒里面,然后几个人偷偷躲在教室后门那儿等着奇迹回教室,我坐在旁边看着那几个坏小孩偷偷地笑。

本来想给奇迹拿出来,但是看着坏小孩子头儿瞪了我一眼,我还是害怕得收回了手。

奇迹回到教室的时候,提着裤子笑嘻嘻地坐回了自己的座位。上课铃响,大家都回到了自己的座位,奇迹打开文具盒突然看到了蛤蟆,本来我以为他要尖叫,但是他并没有。

他惊恐地向后猛地一缩,瞪大了眼睛看向了我。

奇迹对着老师举起了手:"报告,有蛤蟆!"

教室里同学们先是惊讶地回头，然后随着那几个坏小孩带头大笑，教室顿时开始充满了刺耳的笑声。

老师不耐烦地扔掉手中的粉笔，对着学生喊道："上课着呢干啥呢？笑什么呢？"

然后对着奇迹说："扔出去不就得了，再捣乱就出去站着去。"

奇迹张了张嘴，没说出话，他应该知道，他再多说一句估计都得出去站着去，所以张了嘴并没出声。

他回头看了看我，眼里含着泪水，抿了抿嘴唇，回头看向蛤蟆，伸出手去犹豫了一下又缩了回来，然后又伸出手去，一把抓起蛤蟆，我看着他用了很大劲，那蛤蟆都被捏得变形了。

奇迹抓起蛤蟆走向教室前门，路过讲台的时候，老师慌忙退到讲台后面："往哪儿拿呢？离我远点！"

奇迹又恢复了笑嘻嘻的模样："老师，不咬人。"

最后奇迹还是没能上完这节课，为了不让奇迹中毒，老师还特意嘱咐奇迹，让家里送来一身衣服换了，免得奇迹有生命危险。

而且，这还是我第一次见识到，洗手会把手洗肿。

奇迹告诉我，老师特别关心他，怕他细菌感染，专门带他去洗手。

我说："老师给你洗的？"

他说："那倒没有，老师看着我洗的。"

这样的事件，每发生一次都会颠覆我的认知，因为每次坏小孩都会换着各种各样的方式。但是对于奇迹来说，每发生一次，仅仅是多一次而已。

在小学的时候,奇迹并没有做过伤害同学的事情,也不会对老师没礼貌,但是大家在欺负他的时候,都会给他戴上"没教养"的帽子。

每天沉默寡言,不欺负同学,不攀比,不说脏话,有礼貌。除了学习不好,我不知道为什么就会和没教养有关系。

到现在我都不明白,"教养"的界限在哪儿?

就算再卑微,奇迹也是个"人",是"人"就有软肋。

奇迹家住在河西篮球场旁边的一小间屋子里,一间和爸爸两个人一进一出都会擦着肩膀的屋子。屋子小得容纳不下一个篮球架,却是奇迹在这个世界上唯一的家。

篮球场外面有个小卖部,小卖部里的小孩比奇迹小五六岁,虽然年龄不大,但是恃强凌弱的本事可大了。

奇迹每次去小卖部都会被小孩骂上一顿,有时候奇迹听不下去的时候,稍微瞪下眼睛,小孩的爸爸就会劈头盖脸地骂上奇迹一顿。

久而久之,小孩更加肆无忌惮。

有次我去找奇迹玩,走到篮球场的时候,正好看见小孩站篮球场外面对着奇迹家的方向骂,你妈长你妈短全家长全家短的,我跑过去问小孩:"你骂谁呢?"

小孩双手叉腰:"我骂狗呢,关你屁事。"

说着奇迹跑了出来,把我一把拉过去,悄悄地对我说:"别理他别理他,他爸在家呢。"

小孩看我们没理他，更加肆无忌惮。

"你个没教养的东西，你妈教了个没教养……"

"我没教养，跟我妈有什么关系。"奇迹突然回头恶狠狠地对小孩一字一句地说，"我再听你讲我妈，我杀了你！"

小孩顿时被吓得闭上了嘴，不过犹豫不过三秒，又朝着奇迹挑衅："你妈，你妈，哈哈哈，你妈……"

当时奇迹快得我拦都没拦住，应该是我没敢拦，奇迹捡起篮球场门口地上的砖头，冲向小孩直取要害。

等我从惊讶中缓过来的时候，小孩抱着流血的脑袋，边喊爸边往家跑。

然后我俩吓得跑到了小河旁，一下午我俩啥都没玩，一句话都没说，等到天黑才各回各家。

后来奇迹说回家的时候，小孩他爸等了很长时间，要不是村里人拦着，能把奇迹打死。

"打成这样，我一颗眼泪也没掉。"奇迹骄傲地说，"后来我又偷偷用弹弓打他们家玻璃，他爸气得找不着凶手……"

奇迹满脸自豪，没有妈妈保护的他，感觉这样做就是保护了妈妈。

对于妈妈，奇迹就算被所有人踩在脚下，也没有让步。

这次之后，奇迹开始变了，脏话连篇，在学校也敢于和恶霸作斗争，于是大家嘴里又开始重复——没妈的孩子没教养。

以前，奇迹还是个好小孩的时候，默默地接受了"没教养"的指责，后来当奇迹变坏了，却容纳不下任何评价自己没教养的话。

虽然每天还是背负着流言蜚语，还是被欺负，但是奇迹说："最好背后说我，如果谁敢当面说我，尤其是我妈，我就玩命。"

你说，十来岁的孩子要玩命，谁教的呀？

首先排除奇迹他妈；然后排除社会，因为奇迹还没有进入社会；最后排除我，我哪敢玩命……

刚上初中的时候，奇迹就被狠狠地打压了，不过这次理由充分了，各种各样的理由最后还是要归结于——没妈，好欺负。

那会儿我们都不好过，初一的时候天天被初三学生欺负，大家过得并不是很好，所以大家每天默不作声，只想安安稳稳地过日子。

不过总有些闲不住的同学，在班里为非作歹，欺负老实人，时间久了，大家待不住了。

有压迫就会有反抗，于是我们几个关系好的联合起来，拜了把子。

对，不为别的，就是反抗校园霸凌。

那会儿天天打架，奇迹就跟在我身后，不知道整个初中为我挨了多少棍子，但是后来我们真的站了起来。

我们几个虽然各有各的想法，但是归根结底都有一个共同理念，不恃强凌弱，不影响同学学习。

所以我们和班里同学关系都很好，但是对于之前那些坏小孩，我们当然以其人之道还治其人之身。

初中的时候,应该是奇迹最开心的时候,因为没人会提起奇迹的妈妈,大家似乎都忘了奇迹的妈妈。

我又想起奇迹砸玻璃的事情,毕业的时候我问他:"打架的时候,那些人也是你妈你妈的,你怎么不玩命了?"

"那是语气助词,又不是我妈……"

我忽然语塞,两个人看着彼此,顿时笑得上气不接下气。

希望,天下所有的"你妈"都不会是语气助词。

在这个世界上,唯有血缘关系不可改变,所以虽然爸爸妈妈离婚了,但是妈妈心里从来都没丢下过奇迹。

奇迹最开心的时候,就是在小学每个月妈妈来看他的时候,每次来总能带上一大包各种各样的零食,当然这也是我最不开心的时候。

作为奇迹唯一的好朋友,他一点零食都舍不得分我,因为有好几次被高年级的学生抢走,所以后来他把这些零食藏在什么地方,我也不知道。

奇迹妈妈来的时候我可以很清楚地感觉到,他发自内心地高兴和骄傲,可是他又不敢炫耀,因为他知道,妈妈会走。

那会儿奇迹每次放假只会找我玩,而我也一样,他是没有人跟他玩,我是因为村里没有同龄孩子,也是没人跟我玩。

我俩的家隔着一条河,他爸让他在河里放牛,所以我有幸骑过牛。他领我去偷地里的土豆,挖了几十个,两个烤了剩下全扔了,第二天鼻青脸肿地告诉我说，土豆是他家的，差点没让他爸打死。我俩在河里干草旁点火，恰巧遇东风瞬间着了一片，吓得他边扑火边喝河水。我问他干啥，他说，憋尿。

后来牛卖了，土豆不种了，河水被污染了，我们也长大了。

02.
三千块的续命钱

后来我去了离家两千公里的地方，五年后再回来的时候，他在工地当小工，偶尔也会找不到活，所以更多的时间不是在干活，而是在找活。

我和他待在一起，除了容貌，剩下的都没有变。他几句话离不开草，段落总结喜欢带妈。

奇迹没有文化，因为家里供不起他读书，所以早早地出来谋生。那段时间恰巧可以在当地替班开塔吊，一天赚二百多算是很多，他高兴地请我们在家的几个兄弟吃饭，坐在那里弯个腰，说话的时候字里行间透露出卑微。

像他这种没有背景、没有资源的人，我们为了顾及他的尊严，点了饭店里最便宜的小碗面，另一个兄弟端了一箱酒。

大家都很开心，这箱酒，喝给自己。

回家后我在外地学习了段时间，回家创业，那会儿太忙，但是无论什么时候给他打电话，奇迹总是24小时待命。

奇迹帮我的工作室搬东西、接水管、安招牌、拉货。在剧组里面我缺什么人他就是什么职位，化妆、场务、道具、置景。除了导演和技术性的活他来不了，所有职位都干过。

后来工作室好起来之后，有很多本地和外地的人想来工作室谋差事，甚至90%的人都不要工资，但是我回头想想，信任成本太高。

世界上的每个人都会有两种性格，一种是给外人看的，一种是给家人看的。

我很庆幸，成为他能信任的人，所以对于我想做的事情，他总能心领神会，如果和不熟悉的人在一起共事，我会感觉很费精力。

每次出去干活，如果恰巧奇迹不用去工地，我会叫上奇迹，即使每次活并不多，我也会给他支付报酬。

刚开始的时候，他死活不要，甚至差点和我翻脸。其实这件事情对于我来说也不合适，因为毕竟我们是兄弟，如果给他钱就成了老板和员工的关系。

但是即使这样我也会坚持要给他，我对他说，亲兄弟还要明算账呢不是？

那会儿我想到过我们的约定，以后无论混成什么样，一定不能忘了彼此，一定要互相帮助和搀扶。

我一直都认为自己是普通人，所以很少会和别人去因为利益上的事情勾心斗角。奇迹也一样，这导致我们吃过很多亏。

他吃人性的亏，我吃城府的亏。

进入社会之后我们没了联系，所以我并不了解他这几年的生活，但是在我回家之后，正好碰见奇迹吃了一次亏。

有次我拍微电影之后，和奇迹好几天没有联系了，便想着晚上和奇迹出去吃饭。

可是电话接通之后，奇迹气愤地在电话里骂骂咧咧的，说工地不结工钱，老板跑了。

对于这种事情，我还真没有经验，毕竟也没有经历过，所以我问他欠他多少钱，他说三千块钱。

我说："三千块钱干吗这么激动，我还以为好几万呢。"

说完我就后悔了，或许在我眼里，三千块钱并不是很多，但是在他眼里，就是他续命的资本。

我问，他该怎么办？政府不管吗？

他说当然要管了，但是没法管，老板早不知道跑哪儿去了，人都找不到，怎么管？

说这话的时候，奇迹语无伦次地破口大骂，好像欠他钱的人是我似的。

他说也不是没有办法，老板虽然跑了，但是有个项目负责人在我们本地，他家就在本地住着，他可以找他要去。

我说，就欠你一个人的钱吗？

奇迹挂断电话给我发过来一段视频，视频中一个梳着大背头的中年男人站在中间，身上的西服皱皱巴巴的，应该就是项目负责人。

负责人的周围站满了邋里邋遢的农民工，有人双手叉腰指着负责人骂着，有人站在负责人背后抽着燃到尽头的香烟，有人蹲在路边面无表情地看着他们之间的沟通，阳光洒在孤零零的小草上，蹲在路边的男人站起身时没看见，一脚踩倒了小草。

漫长的水泥路上唯一的小草被踩了个稀巴烂，无数个日夜的坚强就这么被践踏了。男人只顾着往前走，没有注意到灰尘中的它，它所有的努力，对于他们的目的来说，都显得那么卑微。

还有个穿着红衣服的中年女人，抱着看起来还不会走路的孩子向后挺着腰，孩子脸上也是满是灰尘，鼻子下面和了两道稀泥。

我问奇迹，要钱就要钱，怎么还把孩子抱出来受罪。

原来女人是外地来的，因为老公丢下她和孩子跑了，女人听说老公跑到了这个城市便找了过来。结果老公没找到，身上的钱也花完了，于是便留在这里工地上打工。

奇迹说："她也挺可怜的，孩子每天就放在员工宿舍一个筐子里面，幸亏遇见了好心一点的包工头，允许她干活的时候也可以看孩子。要是碰见我之前那个工地的包工头，早干不成了。"

我说："那她有单间吗？"

"有个屁的单间，男女混住，有个地方住不错了。"

奇迹说着女人，又想起了工地老板，说："你说这老板多可恨，他每天吃香喝辣的，也不来工地瞅瞅。你说这些人，哪个容易，都是用命换来的钱。"

我说："你还真应了那句，自己过得一塌糊涂，还见不得人间疾苦。"

奇迹叹了口气："我虽然过得差劲，但是和这些人比起来，也能说过得挺好。"

对啊，对于工地老板来说，三千块钱就是一顿饭的事情，可这

又是多少老百姓在ICU病房里面的最后一声心跳。

或许工地老板每天过手的钱，拿下这个项目的钱，投资商业的钱，动辄几千万几个亿，可是这些农民工应得的工钱都不给。

后来因为工作室忙，所以就没太关注这个事情。本来以为事情会解决，没想到给奇迹打过去电话之后，才发现这事情越来越复杂。

奇迹告诉我，有的工友要不到钱，被逼无奈卷着铺盖住在了项目负责人家里，搞得项目负责人没办法，将自己的老婆孩子送回了娘家。

老板欠了奇迹三千块钱，但是还有很多被拖欠一万的、两万的，最多的五万块钱都没给。

虽然很多事情我们听起来感觉不太可能，但是这些事情都是实实在在、明明白白地发生在我们身边的。

后来有人把视频发到了网上，项目负责人没有办法，只能出面澄清。

"我对不起大家，但是我只是负责这个工程的组织者。我也是打工的，老板拿着钱跑了，可是我也没钱呀。我承诺大家一定把钱给大家，现在正在和公安部门积极配合，所以大家不要再打扰我的家人了，求求大家了。"

奇迹说，其实大家都不容易，为了要到钱，没有办法才这么做的，就是想把事情搞大，好让有关部门能够重视。

这件事情持续了一个多月，大家都想尽快把钱要回来，是因为大家心里没底，因为没人给他们准确的承诺。

政府设立了专门负责这件事情的部门，也在积极配合公安部门。

奇迹跑到了工作室，通过他的黑眼圈和凌乱的头发，可以看出他这几天的生活状态。我知道他这段时间并不好过，于是和他去外面吃饭。

饭吃完后，我俩在街上溜达。黑暗的夜空中矗立着灯火通明的高楼，昏黄的路灯下车来车往。或许是过往的车辆声音太大，所以他说话时也很明显地扯着嗓子。

他没喝酒，但是他的语气像极了喝完酒在耍酒疯，他说老板欠他三千多块的工钱，他不信没人结，如果不结就从塔吊上跳下去。

我劝他说你可别这么想，为了三千块钱不值得。

说完我沉默了，我也没有经历过这种事情，凭什么去劝他。

奇迹看着我，愣了半天露出笑容："哎呀，我骗你的，我哪有那么傻，就是为了吓唬他。"

后来在政府的帮助下，钱要到了。趁着高兴，他告诉了我一个好消息，他说他爸跟他妈要复合了，涉及很多方面的原因，但是最重要的一点是，这一天他等了十几年。

这是他第一次炫耀，第一次说话的时候没有拐弯抹角，没有卑微地弯腰，甚至顺带炫耀了一下他新买的煤油打火机。

这是个值得炫耀的事情，如果这件事情发生在小学的时候，他肯定也会炫耀。并不是因为不想受欺负，而是想告诉全世界，告诉老师，告诉同学和同学的家长，奇迹有妈妈。

03.

"你猜她埋哪儿了?"

我一直认为,人生最幸福的事情,就是家庭圆满。简简单单的四个字,或许在我们眼中再平常不过,却是有些人的毕生追求。

对有的人来说,离婚就是签个名字的事情,但他们的孩子可能会活得小心翼翼。

有的人复婚也是签个名字,却是孩子一辈子都想实现的愿望。

有的人不以为然,但孩子视如珍宝。

为什么有的大人的错误,要让无辜的孩子买单?

奇迹的爸妈要复合这件事,他在电话里千叮咛万嘱咐,说这是他的秘密。

我打电话给另一个兄弟,聊了两句我说,奇迹说他妈要和他爸复合了。

兄弟哈哈大笑:"我早知道了,之前给我说有个好消息的时候,我还以为他中彩票了。"

原来,大家都知道了,那小子还告诉我是个秘密。

那段时间他好像一个纨绔子弟,天天打台球、泡网吧,溜达来溜达去,好像是在弥补自己缺失的青春,甚至还交了一个女朋友。

那段时间我有活给他打电话,他竟然直接拒绝了,说他妈让他去帮忙干活。我想,什么重要的活让他连钱都不挣了。

他告诉我:扫院子。

奇迹变得比之前在工地的时候更忙碌,一边得帮着妈妈干活,一边得陪着女朋友,甚至连跟我吃饭的时间都没了。

我说:"没想到你还能找到女朋友,嘴皮子挺利索呀。"

"她追的我。"说完奇迹脸一红,害羞地避开了我的目光。

"哎哟,我的妈呀!"我笑疼了肚子,"了不得,了不得。"

之后奇迹给我打电话,再也不聊之前的那些话题了,比如这人不好,一直坑他;那个人在背后说他闲话之类的负能量的话。而是"今天我妈做了饺子给你带点?""我对象做的红烧肉要不要尝尝?"。

我渐渐地感觉到,奇迹变了,他不再关注身边的琐事,而是注意到了生活中的点滴美好。

原来,爱真的可以改变一个人。

无论他的骨子里有多少小恶魔,如今也在天使面前消失得无影无踪。

有次和奇迹出来玩,发现他没带着对象,我问他怎么没带。

他说吵架了:"气死我了,我给你说……"

他把他们之间的矛盾一五一十地抖落,掰着指头一件不落地清算着。

我看着他那副欠收拾的样子,想着他是真的过上了正常人柴米油盐的日子。

我对他说,情侣之间出现矛盾是正常的,别一股脑地想别人的问题,咱们也有问题。

有了问题咱们就解决问题,而不是纠结问题。

他若有所思地点点头,然后抬起头看着我:"算了,分了得了。"

第二天,我想着安慰一下失恋的他,请他出来散散心。于是组织了一下精心准备的安慰的话,便拨通了他的电话。

"干吗呢?"

"我妈想见我对象呢,今天不跟你出去玩了。"

几个月后,当我终于可以看到一个正常的奇迹的时候,老天又开了一个天大的玩笑。

那天午后晴空万里,我拿着拍摄设备想趁着天好出去采景,没想到还没到目的地,忽然就乌云密布。

我骂骂咧咧地掉转车头,一路上都是被大雨浇得手足无措的人,有的骑着电动车缩着脖子,有的蹚着雨水奔跑。眼看马上天黑了,大家都焦急地奔向自己的目的地。

城市里灯火通明,总有一盏灯为他们而停留。

面对狂风暴雨,他们却坚定地奔向属于自己的灯火。

刚到工作室,奇迹打来电话,我按下电脑开机键,心里一阵恼火，接起电话对奇迹抱怨。

"你在哪儿呢？我真是服了，本来想拍视频，谁知道这雨来得猝不及防，晚上有事吗？来我工作室玩啊。"

奇迹那边半天没有声音，我以为电话没接通，又低头看了一眼手机，却发现通话时间在走。

"喂？信号不好？"

"给你说个事，"奇迹语气低沉，"我妈没了，过几天办事。"

透过电话，我都能听出来奇迹的无助、无奈和绝望。我拿着手机顿时愣住不知道该怎么说话。

奇迹又是半天没有声音，过了一会儿换了轻松的语气，笑着说："你猜她埋哪儿了？"

他妈埋在了我那个不足十户人家的小村庄，离我睡觉的地方不到两百米。他满脸胡茬地路过我家门口，笑着对我说：

"你要听你妈妈的话，我妈妈看见你不听话就捏你鼻子。"

他的声音很小，小到我以为这是他给我说的秘密。

他说出"妈妈"这两个字的时候，我听到的满是遗憾，又不确定是不是羡慕。他又恢复了那个弯着腰抬头看人，说话卑微迎合他人的样子。

他的愿望，让他撑过了艰难的二十三年。

眼看着马上就要实现这个愿望了，没想到老天都舍不得多给他几天的时间。

这也就意味着，奇迹永远都不会跟妈妈待在一个户口本上了，他们永远都不会是一家人了。

麻绳专挑细处断，这一下子，奇迹二十三年的期盼终于有了了结，起码以后再也不会因为这个事发愁了。

之后他再也没有提起过关于妈妈的事情，关于妈妈的思念，他藏起来了，就像儿时的那些零食，只属于他一个人。

没多久，奇迹跟女朋友真的分手了，他又成了自由自在的人，没人约束，没人管教，没人关心，也没人爱。

他说他喜欢这种生活，不用承担家庭的压力。但是我知道，他比世间所有人都更想承担这种压力。

奇迹消失了一段时间后，开始卖起了水果。他拿出来身上仅有的几千块钱买了辆二手皮卡，在各个村里拉水果到县城卖，早上五点开始晚上十一点收摊。每次去他那里，他都会掏出紫云发给我一根，自己叼上一根。

然后给我絮叨这几天发生了什么有意思的事情。

直到现在，每次我们几个去他的摊子那里，都会捏着嗓子装顾客："你这咋卖呢？"这时他会从车上跳下来，一看是我们，便开始打趣。

我们这儿的小县城，人也不多，他每天开着拖拉机式皮卡在城内小学转转，同丰公园转转，下高村口转转。碰上下雨摆不了摊时，大家凑在一起吃个饭喝喝酒，打打游戏，也挺开心的。

每逢在外地打工的兄弟回家，我们就聚在一起，想想我们小时候的傻事，彼此贬低嘲笑打打闹闹，从不知哪儿听来的八卦，到当地发展趋势，甚至月球的资源利用。只有我们聚在一起的时候，奇迹才是开心的。

虽然我们是兄弟，但是奇迹被生活磨炼得忙前忙后地端茶倒水，发盘子发碗，迎合着我们的讲话。

相比小时候砸碎别人家玻璃的小孩，现在的奇迹，真的长大了。

虽然被生活扼住了咽喉，但是奇迹并没有放弃生活。我也曾帮他憧憬过未来，挣点钱找个门店开个水果摊，虽然被他否定了，但是我知道他肯定会有自己的未来。

我害怕他想不开，于是有时候会拐弯抹角地探测他的想法，没想到的是，奇迹跟我们心里想得完全不一样。

他说要努力挣钱，买个二手轿车，然后再攒攒钱买个县城外围的小院，以后孩子长大了上学也方便。

我说："有孩子得先找对象啊，你看咱们几个还有谁没对象。"

他说："不急，先挣钱。"

虽然老天夺去了他的家，但他还是想给自己一个希望，想有个自己的家。

当没钱的人开始创业的时候，就是在和老天赌命：风风光光赢了，输了大不了卷土重来。

所以如果要我相信"专家"口中的三百万，我更愿意选择相信，一文不值的奇迹。

无人与我立黄昏，无人问我粥可温。即使老天把所有的苦难都交给一人承担，也不能磨灭一个热爱生活的灵魂。

我们在奔跑着的时候，还有很多人在跪着往前走，在这条前进的道路上，我猜只有不放弃的人，才是最后的胜者。

所以说，上场没有退路，人生没有落幕。

这句话的真正含义，你懂了吗？

很幸运，我们并不是世界上最艰难的人，我们拥有着他人可能一辈子都想拥有的东西，所以我们更要好好珍惜。

上场没有退路，你真的准备好了吗？

我们虽然有远大的理想和抱负，但也要努力做好当下的每一件事情，所以你做好了明天、这个月、今年的规划了吗？

十层人间

第八层

凌晨的街头
与朋友圈看不到的世间百态

* * *

这个世界是什么样的？

有的人高举旗帜向往美好生活，可有的人仍苟且于硝烟战火；

有的人环游世界追求崇高理想，可有人为三餐饥饱而挣扎于世；

有的人在灯红酒绿中享乐，有的人跪倒在黑暗的角落。

我们总是会讨厌老鼠、蝙蝠，因为它们生活在黑暗之中，所以把它们归纳于邪恶的象征。

可是每当黑夜来临，它们也不过是为了能够生存，所以当我们那样想的时候，我们真是大错特错。

* * *

01.
夜行人

不知道你有没有见过凌晨的城市？我，偶然见过。

这件事发生在2021年冬天的某个晚上。因为不想睡觉，所以打游戏到凌晨一点，突然觉得有点饿，于是忍痛放下手机走出家门，想在外面吃碗刀削面。

昏黄的路灯下，除了偶尔飘零的落叶，身后似乎隐隐传来呼唤我的声音，空无一人的街道让我头皮发麻。我的脚步越来越快，直到我狂奔出去差不多三公里满头大汗终于鼓起勇气回头看的时候，才发现，原来"声音"是因为我嗓子里卡了口痰。

拿起手机，凌晨一点半，早知道应该先看一眼手机，正当我准备往回走的时候，发现路边孤零零地开着一家小摊。

零下五摄氏度的城市里，只有他这里泛着烟火。

摊前并没有顾客，老板专注于看手机，都没发现我已经站到了他面前，突然不经意地抬头看到了我，吓了一跳，差点没把手机扔锅里。

我问他，都几点了还不下班？他说，这不你来了吗？

老板颠勺的时候，土豆丝颠出来一半到灶台上，他慌忙捡起来扔进锅里，我看见了却当作没看见。

通过闲聊得知，只要有时间，他都会在这里摆摊到凌晨两三点。我问他这么晚哪还会有人吗？他说晚上闲着也是闲着，用睡觉的时间拿来挣点钱多划算。一碗面挣个七八块钱，一晚上等来十个人最少七八十，炒菜的话能多挣个五六块钱，扣除成本的话三四块钱……

说到这他猛地站起来瞪大双眼问：你是同行吧？

我看到他穿着脏兮兮的帆布鞋，便问他，不冷吗？

他尴尬地将脚缩到煤气罐后面："我这儿有火不冷，再说这灶台旁边全是油，穿别的鞋不行，油太多洗不下去。"

"就这一双鞋一直穿？"

"没有没有。"老板不好意思地对着我笑了一声，"这是新换的，上双鞋鞋底磨漏了。"

他扯了扯自己身上的衣服："干我们这行的都这样，一身衣服一双鞋，不穿烂了不换。"

他上身的衣服印着鸣人的头像，虽然油得都反光了，但是依然可以想象出它崭新的模样。再看看老板的裤子，本来我以为是他的腰带没扎紧，裤裆一直往下面吊着，后来我仔细看了一下，原来是吊裆裤。

虽然有点中年男子的油腻感，但没想到老板还童心未泯。

"你不知道,干这行太费劲了。大半夜的不下班吧,一两个小时看不见来客;想下班吧,又害怕走了之后有人来……"

老板手里拿着炒菜的勺子,坐在同样油乎乎的三脚凳上,昏黄的灯光照在了他的寸头上,也是油乎乎的。

这里的所有东西在灯光的衬托下,都发出了模糊不清的黄色光芒,除了黄色就是水泥地、桌腿和锅底的黑色,好像只有我格格不入。

我有个错觉:衣着干净的我,根本融入不了他的世界。

不知道是我太正常,还是他太努力。

他挥舞着勺子,跷起二郎腿越说越起劲:"我还有个上初中的孩子,学习还行,就是爱花钱……"

讲起他的儿子,自豪的言语间透露着无奈。虽然我还不是父亲,但是他的这种矛盾的感觉,我依旧可以感同身受。

作为一位父亲,他体现出的成熟和责任感,让我内心深处涌现出一丝酸楚。

"但是呢,看着孩子每次拿着奖状在我面前,我就心想,我就……"老板低着头,努力憋着形容词,"我就想啊,其实……"

"哥,哥……"其实我是不想打断他的,"哥,你等会儿……"

老板停下手中挥舞的勺子,带着回忆的眼神迷惑地看着我,"哦,小兄弟,怎么了你说。"

"煳了……"

"什么?"

"菜煳了。"

老板从凳子上猛地跳起来,冲向冒着黑烟的锅,手忙脚乱地用勺子扣着粘在锅底的土豆,关上煤气灶,回头对我露出满怀歉意的笑容。

"这事整得,不好意思啊。"

"没事没事,哥,你别急,我还饿不死。"

老板的儿子在班里的成绩名列前茅,虽然同学们的爸爸有的是县里的大领导,有的是县里的大企业家,有的是知名学者,但是身为摆地摊的老百姓,老板说他从来都没有感觉比他们差。

每次开家长会,别的家长西装革履的,他总是穿着破旧的一身牛仔衣。家长之间总是喜欢谈论县城的未来规划、孩子的未来会怎样前程似锦,每次到了这个时候,他就会被大家忽视在角落。

虽然在大家的眼里,他什么都不是,但是他从来都没有因此难过。

他说:"他们看不起我的工作,但是我不在乎……"

"因为我儿子座位在第一排,我就坐在那里。"

他说这句话的时候,我忽然想到了上学的时候,大家都在炫耀自己的爸爸是干什么的。

"我爸是公务员,他穿工作服的时候很帅。"

"我爸开煤矿的,我家好几辆大车,那车轱辘比我都高。"

"我爸是书法家,那一手狂草写得,没人能认识。"

……

现在我才知道,孩子以大人为骄傲,而大人也在比较孩子,就好像,我们之间是在互相成就。

我问老板:"你孩子在同学面前怎么介绍你呢?"

"嗯,说什么……嗯,"老板努力回忆着孩子的话,"好像什么,特殊环境植被杂交混合生物研究,兼夜间散客精准引导员。"

哦,原来我是散客!

"就是一夜市炒菜的。"老板将重新炒好的土豆丝和刀削面,放到我面前,然后把煳掉的那盘放到自己面前:"小孩子都攀比,挺可笑的,还生物研究,还引导员……"

他肯定喜欢这个职称,要不然怎么能记得这么清楚。

我想到了小时候在学校,当大家问我爸爸是做什么的时候,我总是瞬间红着脸支支吾吾得不知道说什么。

其实我爸开了一辈子大车,从我记事起开到现在,他肯定知道我的想法,害怕自己的工作给我丢脸。

但不是每个人都会含着金汤勺长大,爸爸不是,我也不是。

能把自己的孩子拉扯大,已经是世间最伟大的事情了。

其实我们拥有的已经够多了,所以又何必在乎,我们没有什么呢。

我极少见到凌晨的城市。

街道上空空荡荡,偶尔飘零着的几片树叶,静悄悄地落在道路两旁绿化带上。世界很静,静得我可以听见自己的呼吸,白天的城市饱含激情,夜晚的城市有着破产男人的平静。

我深吸一口气,听着跟吸气一起发出的咝咝声,像是把雪花撕成了两半,像是把沉睡的空气悄悄谋杀。

突然啪的一声，吓得我一激灵差点推倒桌子，老板一把扶住我："不好意思，不好意思……"

"没事没事。"我看到老板拿着一瓶汾酒放到桌子上，"哥，我没要酒。"

老板拧开瓶盖，倒进两个空碗里："天冷，我请的，喝点。"

"哥，别……"我按住老板递过来的手，"我不喝酒，酒精过敏。"

"哦哦，那我自己喝了。"说着老板倒了半碗的白酒，一个抬头全给干了。

老板辣得龇牙咧嘴，夹起面前糊掉的土豆丝就吃，我赶紧拦住老板的手说："哥，这都煳了，我这不有吗？吃我的这个。"

"不行不行。"老板坚定地看着我，"本来就让你等了这么久，怪不好意思的。别管我，你吃你的。"

老板吃了两口煳掉的土豆丝，用手抹了一把嘴："我那孩子喜欢音乐，特喜欢……"

虽然老板家过得很贫苦，锅碗瓢盆等生活用品什么的基本能用就行，但是家里的乐器应有尽有。

什么单板吉他、电吉他、贝斯、电子琴、二胡、架子鼓，基本上只要孩子开口，想要的都能得到了。

"孩子想要把吉他，说买个四百块钱的。"老板黢黑的脸因为喝了酒有些发红，"后来我去打听了一下，那能用吗？我找块床板，扯几根长头发安上都比那个强。"

老板对着我伸出四根手指比划着说："后来买的吉他，

四千五，什么杉木的，比我爹的棺材木材都好。"

他低着头，四根手指还直挺挺地立在半空，像是夜空之中矗立的伟大的、崇高的山峰，而藏在后方的大拇指，更像是这座遮天蔽日山峰后方的，有着难以名状的艰苦。

老板抬起头看着我，泛红了眼眶："一把贝斯七千，一台电子琴六千。"

我说："我吃个土豆丝、一碗刀削面，你能挣多少钱？"

"唉！"老板带着笑意看着我，"你到底是不是同行？"

"哥……"我刚准备解释一下，老板打断我，"开玩笑的，开玩笑，能挣七八块钱。"

"孩子从来都没有让我丢过脸，每次当他把奖状交给我的时候，你知道那种感觉吗？特别，特别，嗯……就是那种，我多辛苦都值得的感觉。"

老板说他儿子在学校不偷偷抽烟，也不谈恋爱，每次给的零花钱也不买零食，都攒着拿回家存起来，每年过生日都会给爸爸妈妈买礼物。

"因为他说，"老板看着煳掉了的土豆丝，"他现在挣不了钱，所以只能把零花钱攒起来。你没孩子你不懂。"

"我怎么不懂？"

老板抬起头，诧异地看着我："你挺年轻啊，有孩子了都？"

"我，是个孩子。"

他以为我不懂他，但是我说的是，他的孩子。

当我们在学校的时候，不去关注同学的家庭环境，不去盲目攀

比，不做这个年纪不应该做的事情，而是把目光放到眼前的现实的时候，会更快地成长，会更懂得知足和幸福。

因为生命无论多炫彩夺目，也不能让爱自己的人失望吧。

本来想夸他心态好，衣服都是年轻人喜欢的类型，可他说这鸣人衣服和吊裆裤，是孩子穿旧的。说着还站起来转了一圈跟我显摆。

我看到，鸣人在对我笑；我看到，穿着鸣人的他，在夜空下闪闪发光。

他喝了两碗酒，我喝了三碗面汤，看了下表，凌晨两点。他看出我慌张的样子，说天冷赶紧回家吧，但是，这面可不支持搞价。

我说您说笑，我付了桌子上面所有东西的钱，他硬是要把多余的退回来。我说我耽误您这么长时间，您就收下吧，几块钱而已。

没想到他生气到猛地一拍桌子，站在原地，严厉地站在夜市门口，背后的灯光让我看不清他脸上的表情，昏黄的背景将他衬托得像极了电影中扛着枪踏上娘娘峰的士兵。

他说，我是父亲，不食嗟来之食。

02.
被钩机挡住的忙碌

寂静的夜里沉默得像宇宙最深处，悄无声息地让我感觉像是失聪。天空中会偶尔飘着几片雪花，在我眼前起舞。每当我向前迈上一步，就会有格格不入的刺啦声传来，踩在雪地上像是踩到了夜晚的命脉，这声音，像是夜晚发出的痛苦的、不屈的呐喊。

不知道夜晚的雪花，会不会被别人评价，或许根本就没人会注意到它。

回家的路上，我在想，**到底是什么东西，能够让一个人心甘情愿地付出自己的青春、热血，甚至生命。**

是责任？是使命？还是道德伦理？

我感觉都不是，应该是千丝万缕的牵挂。

走到解放路拐弯的地方，忽然发现前方不远处有一盏灯忽闪忽闪着，像是行人拿着手电筒，也像是大风中被电线羁绊的灯。

想着凑前去看一下，越走近，震耳欲聋的轰鸣声就越大。

原来是一群人围着一台钩机在修路。钩机挡在路中央，所以两边的车都停在原地，等钩机修完路之后通过。

现在是凌晨四点钟，回家的路上一辆车都没有看到，原来全城的车都聚在了这里。

一个长着白胡子的大叔看到我走了过来，赶紧招手，叫我离远点，大晚上别伤着我。

大叔说这是附近居民回家的必经之路，白天影响交通，所以趁着晚上大家睡觉的时候，抓紧时间干了，要不明天造成交通堵塞就麻烦了。

听着轰隆隆的响声，我说，不会扰民吗？

大叔猛地回过头看着我，那一小撮白胡子也懒洋洋地跟了过来，在下巴上左右摇摆。

"我们这是经过政府同意，才来干的。"

"哎呀，叔，我不是这个意思。"我赶紧对着大叔摆手解释，"我是刚好回家看到了，过来看看。"

"哈哈。"大叔抬起头笑出了声，白胡子也扬过了头顶，"我知道，今天晚上凡是路过的人，都问过这个问题。"

大叔说着便伸出手指着后面堵着的车辆："你看哈，这里堵了七台车，不到二十个人，但是白天修的话，这儿堵的车得排到解放路那边。所以扰民是肯定的，但是孰轻孰重得知道，你知道了吗？"

"知道了。"

大叔说完从兜里掏出红塔山给了我一根，对着我微笑示意了一下，就离开了。

大叔应该很急，在钩机四周忙得团团转。不一会儿又来个双手插着兜的人，站在大叔旁边说："这么大的声音，不扰民吗？"

我没忍住笑出声来，看来大叔这么急是有原因的。

大叔很急，钩机司机也急。因为钩机作业的声音太大，所以相互之间交流很费劲，得扯着嗓子喊，伸长脖子听。

司机挂挡的时候身体也跟着手的动作用力，我生怕他一个不注意把挡挂断了。他刚站起身来看前方的土堆，又慌忙将头伸出窗外看钩机后面的距离，屁股还没坐上座椅，又得将身子伸出窗外听白胡子大叔的指令。

此时此刻，夜空中唯一亮光下的他，成了舞台中央的焦点。

大家都在目不转睛地看着在钩机上娴熟起舞的他。

大叔很急，司机也急，钩机更急。

钩机在崎岖不平的土堆上四处摇摆，刚想一猛子扎到头，结果司机一脚刹车站在了原地；刚准备向后挪动，结果司机拼命打方向。方向盘疼不提吧，原地打轮，车轱辘受不了。

我站在人群之外看着笨拙的钩机，做着这么复杂的动作，不由得感叹，我平时讨厌的机器，原来这么可爱。

大叔很急，司机也急，钩机更急。可是转头看去，好像他们只是挡住了我们回家的路，然后给我们表演了个节目。

因为路上堵着的人，没人急。

凌晨三点，按理说都是着急回家的人，没想到被钩机堵在路上，大家都很平静，默默地看着舞台上忙碌的人。

像是在看着白天的自己。

我看到离我不远的地方，蹲着一个秃顶的中年男子，两只手伸进胳肢窝取暖,静静地看着钩机修路。

我走到旁边,把烟递给他,他看了一眼接了过去:"小兄弟,干什么工作呀?怎么才下班?"

"我出来吃口饭。"我找了块路边的砖头,蹲在了他旁边,"准备回家呢,堵着了。哎叔,你做什么的?这么晚还不回家?"

大叔点着烟抽了一口:"刚吃完饭。"

"你也饿了?"

"哈哈,我可不饿。"大叔看我一眼,又看向了钩机,"陪别人吃饭。"

"陪客户吃饭,陪投资商吃饭,一天最少五顿,最多七顿,喝酒。"

其实大叔并不是我看到的那个年龄,只是每天熬夜加上压力大,还有喝酒,所以掉头发。家里的两个孩子才上高中。

我问他,为什么做生意就必须喝酒才能谈?

他说,你还小不懂,其实酒是次要的,这其中的人情世故才是最重要的。在酒局上什么生意都好谈,几杯酒下肚子,人家高兴了,就拉近了关系,而且也能通过这个机会,让人家能够有时间了解这个项目,反正上了酒桌,生意就成功了80%。

"那剩下的20%呢?"

"20%,就是看喝没喝醉了。"

"哈哈哈……"我俩看着对方,不约而同地大笑起来。

旁边不远处穿着西装的三十多岁的一个男人,也跟着我们哈哈大笑。

他在笑他成功抛出了这个梗，我在笑他说话的转折让我猝不及防。

他扔掉烟头用脚尖踩灭，然后站起身伸了个懒腰，我抬起头看他："我问个问题可以吗？"

他放下双手低头看着我："我突然有点害怕你的问题。"

"你可以不用回答呀。"

他想了一下，然后对我说："你问吧。"

"你陪客户，舞女陪客，同样是喝酒，哪个累？"

"哈哈哈……"

这次不只他，旁边的西装男和两个刚走过来的小伙子，也在旁边哈哈大笑。

"你小子……"他指着我边笑边摇头，思索了一下之后，他给出了自己的答案。

"我和舞女不同点是，一个对不起身体，一个对不起灵魂；我们的共同点是，都希望能有更好的未来和更美好的生活。

"我们的工作或身份不同，但是我们没有谁更崇高，谁更卑贱。在这场硝烟之中，我们都是心甘情愿的牺牲品。人总要对自己的选择买单不是？"

大叔说完看着我，深邃的眼神像是无底洞，在他的瞳孔中央，闪耀着钩机大灯反射的光。我在这束光里，看到了自己。

大叔说完拍拍我的肩膀，说："小兄弟，人生尚未有归处，以后你就懂了。"

他对着我竖起了大拇指："能问出这问题，不简单。"

说完之后，大叔在兜里掏出一盒中华，递给我一根，我木讷地接了过来，然后看着他转身走进了自己的奔驰大G。

"说得真好啊！"西装男走到我旁边，看着大G咂巴着嘴，"难怪人家是老板呢，思想境界就是不一样。"

我转过头看着西装男，疑惑地问道："这谁啊？"

"咋的？"西装男看着我惊讶得张大了嘴巴，"你不知道？恒悦的老板你不认识？你家在哪儿？"

我指了指不远处的小区："就那儿啊。"

"他盖的。"西装男又指向另一个方向，"我家那小区，他盖的，恒悦酒店他盖的。我还以为你认识呢。"

"唉……"我长舒了口气，"我要知道，就不会问了。"

"好了好了。"说话间，白胡子大叔喊了起来，"耽误大家时间了，不好意思，钩机挪走大家就可以走了。"

西装男对着我扬了一下下巴："兄弟，回家了。"

我对着他挥了挥手，然后突发奇想，站在很远的地方给大家拍了一张照片，虽然钩机轰鸣，但是现在是这个城市最安静的时刻。

他们其中有人或许刚关店门，有人刚谈完生意，有人刚做完方案，有人刚离开酒场，有人刚结束足疗。他们或许是为了自己的孩子、老婆、爸妈……但是在他们忙碌的生活当中，只有现在，才是真正属于自己的安静时刻。

钩机挡住了他们回家的路，也刚好挡住了他们的忙碌，为他们在拼命努力的生活中争取了珍贵的自由。

我忽然明白，原来大家忙忙碌碌，都是被生活推着走，从来不会有人停下脚步，留给自己一点时间，用来爱自己。

大家在走投无路的时候，才会安静地欣赏舞蹈，而不是厌恶生活里的轰鸣声。

最后钩机走的时候，自己把自己装上了车，动作娴熟得让我震惊，转念一想其实也没什么，就像自己擦了二十几年屁股从来都不用看的道理一样，熟能生巧罢了。

我站在原地看着大家陆续离开，心中感慨万千。

"小兄弟……"

本来在想事情的我，被这突然一声吓得一个激灵，转头看见秃头大叔站在我身后。

大叔递给我一根中华："大家都回家了。怎么，想开钩机啊。"

"没有没有。"我拿起手中还没点的那根，"我还没抽呢。叔你怎么不回家呢？"

"想多待一会儿。红塔山还有吗？"

"没有，别人发的。"

"哈哈哈……"大叔指着我大笑，"借花献佛？不对，借坡下驴？哈哈，你这招高啊。"

大叔笑出了眼泪，掏出中华给自己点了一根，咂巴咂巴嘴："还是红塔山好抽。"

我俩就站在原地，看着人群慢慢散去，车灯慢慢远去。喧闹的环境又归于寂静当中，大叔扔掉烟头，看着漆黑夜空中的星星。

"自由的感觉，真好啊。"

我回头看了一眼大叔,在月光的照耀下,头顶泛着月光。

"叔你不自由?很多人都在向往你的生活。"

"不。"大叔置身黑暗之中,"他们是在向往我的美好,而不是我的生活。"

我俩又沉默半天,大叔叹了口气:"行了,回家,你也赶紧回家吧,家长不担心吗?"

"你不也没走吗?"我调侃大叔,"你家长不担心吗?"

大叔抿着嘴唇,愣了一下:"当然担心了,回家。"

奔驰大G的灯光异常刺眼,路过我的时候,大叔摇下车玻璃:"还有没有要问的?"

"真的问吗?"

"不要把问题留在明天,问吧。"

我看着大叔露出笑容,思索了一下,然后点着了手上拿着的中华。

"成功的人,都秃吗?"

03.
活在"下水道"里的人

凌晨四点的城市像北极般冷，太阳还没睡醒，很多人都没睡醒，街道两旁短路的路灯忽明忽暗，像是上晚自习的学生在打盹。

我走在步行街北，看着拉着卷闸门的商铺，和补鞋配钥匙的用塑料布盖着的摊子，心想天亮之后，这些安静的地方又会喧闹起来，但是此刻，它们是安静的。

我想起了秃头大叔的话：我们的工作或身份不同，但是我们没有谁更崇高，谁更卑贱……

大家都在努力地为自己的未来奋斗，为家人奋斗，努力地扛起属于自己的责任和重担，但同样是奋斗，命运却截然不同。

大家都希望过上好的生活，过上好生活的人又想过上更好的生活。

凌晨四点，心想既然睡不成了就去县城转转。本来想着这会儿不会有人了，没想到真不是这么回事儿。

听说县城的环卫工每天都是四点上班，赶在大家上班之前完成大部分工作，营造一个干净舒适的环境。

阿姨说她年纪大了，觉少，老了在家闲着没事，不想给孩子添麻烦，所以自己找个工作，既能有点事情做，还能挣点钱。

阿姨眼睛里布满血丝。

我问她，您工资多少钱？

她冻得双手哆哆嗦嗦，嘴里哈着气，说1800，每天也不累，打扫卫生也简单，没什么技术含量。

我笑着说："您知道一个亿什么概念吗？"

"妈呀！"阿姨瞪大了眼珠子，指了指收垃圾的小车，"那我这小车里面能放下吗？"

"能放你这几百上千个小车。"

阿姨停下手中的活，左瞅瞅右看看，然后凑到我面前，悄悄地说："你有一个亿呀？"

我哈哈大笑："我倒是没有，我是昨天看个新闻，说当演员演一部戏就一个亿。"

"哦……跟人家比啥。"阿姨又拿起铁锹铲绿化带里的垃圾，"咱也不会挤眉弄眼。"

阿姨放下手中的铁锹看着我："年轻人不要白日做梦。"

我赶紧摆摆手："不是不是，阿姨，我哪能有这种想法，这不是看你无聊，跟你说说话嘛。"

"哦。"阿姨将铁锹里的垃圾倒进小车，"对喽，人要脚踏实地，不能好高骛远，做好自己的本职工作，什么人家一个亿两个亿的，跟咱也没关系，咱没有一个亿不也过得挺好的吗？"

我对着阿姨竖起大拇指说:"通透。"

阿姨将装满的小车用铁锹拍实,脱下手套指着小车说:"我这小车就适合装垃圾。"

街道上每走几步就会看到和她相似的身影,他们一个人一辆车一把扫把,伴随着沙沙沙的声音,不紧不慢地扫走了黑暗。

天刚微微亮,不远处便传来了嘈杂的声音,我趁着天色来到了县城东边的菜市场,清晨六点很多人还在梦乡,这里更像是中年人的集市,因为来来往往的人里并没有年轻人的身影。

我把菜贩子分了三类,一种有头发的,一种没头发的,还有混入其中的周围有头发中间没头发的。

大家虽然同处一个环境,但是很少交流,都是各忙各的,所以说热闹吧,又很安静,说安静吧,又特别嘈杂。

临近菜市场的小麦地里,小麦绿油油的,我拿着手机慌忙跑过去。活了这么多年,从来没有见过清晨六点的小麦,它们的身上铺满了昨夜的露珠,在晨光的照耀下闪闪发光。

昨夜很冷,小麦没有穿衣服,它们紧凑地靠在一起,像是家人一样互相搀扶着。

对,就像凌晨的夜里,他们都在努力地为家人活着。

他们忍受黑暗,是为了让家人迎来黎明。

他们忍受天寒地冻,受尽冷嘲热讽,他们放弃底线原则,肆意挥霍生命,他们宁可遍体鳞伤,置身孤独深渊,心甘情愿地遭受着生活的摧残,只是想张开微弱的肩膀,为家人构筑一道坚不可摧的防火墙。

而这时，我还在打游戏、约会、唱歌、看电影、玩手机、去网吧、聚餐。同样是珍贵的每分每秒，他们用来对得起家人，我是用来对得起自己。

他们彼此传递着交接棒，让黑暗充满着人间烟火，纵使狂风暴雨袭来，他们也没有因为生活的劳累而停下脚步。

或许，这才是生活的真正意义吧。

佛说：我不入地狱谁入地狱。

钱对夜市老板来说是地狱，酒场对秃头大叔是地狱，客人对于舞女是地狱，他们明明知道地狱在何方，却义无反顾地选择了这里。

总有人虔诚地问：佛是谁？可是当我们身处地狱之中的时候，谁又不是佛？

活在当世，**无论顶层还是底层，大家都拼命地努力**，就像秃头大叔所说：我们的共同点是，都希望能有更好的未来和更美好的生活。

每个人都有自己的选择，无论是非对错，最终都要为自己的选择买单。

当夜晚降临，世间万物都悄然睡去，老鼠们会为了生存偷偷地走出家门，来到城市中阴暗的下水道。

就像夜晚那些不回家的人，大家都努力地生存着，何来崇高卑贱之分。

当太阳落山，总会有人不说晚安。

总会有人说，今天没时间了明天再做。我们的事情可以等，可是家人的幸福怎么等？

　　所以为了我爱的和爱我的人，能有一个更好的未来，为了更远更高的山，将"晚安"留给他们，将责任和努力留给自己。

　　所以，现在把自己所有的坏习惯，写在这里吧，什么时候想停下脚步欣赏风景的时候，来看看。

十层人间

第九层

穿着布鞋的人,
怎么实现梦想?

* * *

十年前，我还是个扛着锄头的少年，当我在村口小卖部电视机里看到那些金灿灿的奖杯和晃眼的聚光灯的时候，我立志，以后我也要站在这个世界最大的舞台上。

后来，我真的站上了属于我的舞台，在晃眼的灯光和众人的欢呼声中，我宛如新生。

虽然后来因为一些特殊原因，我暂时离开了我的舞台，但是我相信，只要我重新上路，终有一天，我还会是那只翱翔高空的雄鹰。

十年后，我重新站在了这片土地上，但不同的是，我放下了锄头，拿起了摇把。

我家三轮车真不好摇，摇把有点歪，摇得我腰疼。

在我还没有小麦高，幼儿园门口的大黄狗还吃奶的时候，我就知道梦想的重要性。那会儿我虽然小，但是自尊心很强，每天被二狗嘲笑长得矮，心里暗暗发誓一定要比他长得高。

于是我开始使劲吃饭、打篮球、跑步，爸爸和妈妈在我家门框边画下了我的成长轨迹。看着一路飞涨的大盘，我红了眼眶，距离最低的线已经过去了不知道几个夏天。

我鼓起勇气拨通了已经转校的二狗的电话，当他知道我要和他比身高的时候，他骂骂咧咧地挂断了电话，说我耽误了他办护照的时间。

我看着手里的摇把和装满了玉米的三轮车，又想到即将出国的二狗，心里五味杂陈。

今年，我们都是十八岁。

二狗没有食言，当我俩又回到幼儿园门口的时候，我仰起头看着电线杆似的他，我又红了眼眶。

二狗身着一身名牌摘下墨镜跟我热情地打招呼，时不时地跺着脚，我以为他小儿麻痹犯了。原来是想让我看到他脚上的AJ。

大黄狗摇着尾巴走到他脚边，抬起一条腿尿到了他的AJ上。

我努力了这么多年，把超越二狗当作我的梦想，但是当我实现了的时候，我才发现，原来，这只是我的梦想，我的梦想与任何人无关。

那天我盯着二狗的AJ足足有十分钟，转头的时候看见大黄狗看着我。

大黄狗对我说，要努力呀，你穿上AJ肯定比他高。

我看了看自己脚上的布鞋，跑回家偷出来我爸的扑克牌，拿出A和J插到我布鞋里面。果然，穿上AJ之后，上方的空气闻起来都不一样了。

灰蒙蒙的天空下，空气很浑浊，但是不知道为什么，我感觉吸进肺里之后，会这么清新。

大黄狗说，你以后会买一双属于自己的AJ吗？

我说，汪汪汪……

* * *

01.

井底之蛙为什么不能爱唱歌?

买AJ变成了我的梦想。我有很多梦想,初中的时候就喜欢自己写歌,因为那会儿我能听到的歌少,听着听着就腻了,所以最早的时候写了一首《不是所有的牛奶都叫特仑苏》。

歌词:
不是所有的牛奶都叫特仑苏
不是所有的星星都会被关注
不是所有坏小孩可以被叫作猪
是他们的光芒还没有释放出

当时家里穷,买不起乐器就自己吹口哨伴奏,下课吹,吃饭吹。我还特别喜欢周杰伦,说话喜欢口齿不清,时间久了,改不过来了。

那会儿背诵课文,老师都会空出一节课,让大家大声背,说这样可以更加牢固地记在脑子里面。

每次听到老师的口令之后，就会有一个学生先起个头，然后陆续有人试探性地接上一句，慢慢地，好学生们都会附和着。于是每个清晨的校园里，就会传来朗朗的读书声。

差学生不一样，每次背诵课文，他们都会喊得比谁都卖力，一本正经地看着课桌上的东西，扯着嗓子憋红了脸。

这是唱到了高潮部分。

记得有次在课堂上，大家都在卖力地背诵课文，老师在讲台上翻着书，时不时地用笔记着什么。我和大壮坐在教室最后一排的窗户边，大壮对着课本唱着歌，我在旁边听着大壮的歌声。

同桌大壮对我说："他们太吵了，我戴上耳机听会儿歌，过会儿下课了叫我一声。"

我说行。于是大壮低下头鼓捣自己的MP3去了。

或许是听歌听得太亢奋，过了一会儿大壮眯着眼睛，手不停地在眼前比划，像拿着指挥棒似的，跟着耳机里的节奏，嘴也跟着不停地动弹。

大壮摘下耳机，测算了下大家背书的分贝，又戴上耳机，把脑袋伸到课桌下面，手臂开始有力地挥舞着，突然来了一句"快使用双截棍，呀呼……"。

吓得我赶紧看了眼讲台上的老师，幸好他没听见。

大壮第一段高潮还没结束，老师站了起来，看向了我们这里，我赶紧拿起课本装模作样地背起来，慢慢地将胳膊肘挪到大壮的课桌上。看着老师离我们越来越近，我找了个角度碰倒了大壮立在桌子上的书。

大壮察觉到了异样，脑袋依然在课桌下面，伸起手又把书立了起来，然后朝着我大腿狠狠地撑了一拳。

我强忍着疼痛看着身旁的老师，大家察觉到异样，全都停下了背诵看向了我们这里。

整间教室只有大壮声嘶力竭地唱着，沉浸在音乐世界里。

"岩烧店的，弥漫，隔壁是国，术，馆哟，店里的妈妈桑，有，三段呀呼，快使用……"

啪……

教室重归了平静。

大壮抬起头来对着我瞪大眼睛，"傻"字带着颤音，看见老师，后面那个字又硬生生憋了回去。

老师平静地说道："快使用什么？"

大壮支吾半天："用，那个，用……使用，用……"

"用什么？"

"没用！"

"什么没用？"

"说啥都没用……了"

"去，去。"老师指着教室门口，"现在，立刻，马上找校长，用橡皮给你妈打电话。"

"老师，橡皮怎么打电话？"

老师猛地拍了一下额头，面色铁青地深深吸了口气，然后一个字一个字地咆哮道："用……手……机……"

我俩站在教室外面对着墙，大壮问我老师来了怎么不叫他，我摸了摸生疼的大腿，对他说：你不是让下课了叫你吗？

大壮刚准备开骂，下课铃响了。

我拍了一下他，说：下课了。

在我的印象里，上学的时候，大部分差学生都喜欢在背课文的时候唱歌，而这些人大部分都有一个音乐梦。

或许是身边人的熏陶，一直以来我都是特别喜欢音乐的。因为音乐可以承载我的情感，愤怒的、开心的、忧郁的、不善于表达的情感。

那会儿特别羡慕有乐器的人，因为小时候家里穷买不起，所以当我拿到我的第一份六百块新兵工资的时候，我买了人生中的第一把吉他，四百块钱。

无论训练多累，我每天都会给自己时间爬格子。买吉他送的一本教程我看了整整两年，两年的时间我把《小星星》练到了炉火纯青的地步。

不说瞎话，那会儿擦导气箍，我都不用砂纸，左手上的茧子都能磨匕首，而我的枪下护木总比战友的多一点红色。

为了站上更大的舞台，牺牲一下左手并没什么，即使左手的作用远不止如此。

虽然四百块钱的烧火棍和不懂乐理知识帅气逼人的我，在大佬的眼中啥都不是，但是我在军旅生涯最后一年的时候，带着自己的原创歌曲，站到了五千人的舞台上。

驻训的除了我们单位，还有很多兄弟单位的人。

这是我第一次在这么大规模的舞台上开口唱歌，因为我从小就很内向，所以上台之前紧张得口干舌燥，站在舞台上看着下面乌压压的一片，双腿软得都站不住，握着吉他的手全都是汗。

我在心里告诉自己："兄弟，你是最牛的。以后你是要开演唱会的，这点小场面算个啥？"

我拿着话筒站在舞台中央，看着首长坐在前台，我的连队在我的一点钟方向呐喊鼓掌，那气氛真让我感动。

我对着舞台下方敬了个礼，此时此刻我就是主角，无论世界上的哪个角落发生什么事，都和我没关系。

在战友们期盼的眼神中，我举起了话筒，想用我的气场震慑一下全场，调动一下现场气氛：

"亲（这儿有个颤音）……亲爱的（呃呃）……的各位首导，首长……我是特种作蛋，作战旅特战三营……（机密省略）的侯连，呃……园……"

因为这个自我介绍，连队战友一直笑到我退伍。

本来我把这件事情当作我的秘密，后来我想，五千多人都知道了，还叫啥秘密，索性写出来让大家开心开心。

我没接受过任何声乐培训，但是那次我唱出了颤音。直到后来有新兵想让我教他颤音，我唱不出来的时候才发现：

极限激发潜力！

好在有战友帮我合唱我才没出糗。下了舞台，副旅长找到我，对我说："侯园是吧，明天调到机关干吧。"我说："首长，我第五年了我要回家。"他说："你放心吧，你走不了，你必须留下来。"

说完就走了，我心想，跟退伍老兵怎么说话呢。

回家之后，很多人劝我看清现实，对我说，第一你没人脉，第二你没钱，第三你知不知道自己几斤几两。

我突然想起来班长对我说的一句话：有多大脚，穿多大鞋。

但是我不信，虽然前进的道路波折，但是我挺过来了。

直到现在，我写了28首歌，发行了7首。所有的歌没花一分钱，最多的投入就是一把贴了三层胶布的吉他，和一百多块钱买的一个声卡，还有些是我直接用手机录制上传的。

第一次写的是民歌类型的叫《小妮儿》，第一次写的说唱歌曲是《步行街北》，第一首用软件做的流行歌是《请勿挂念》，第一首励志主题的歌是《永远是骄傲》，为自己的微电影写的主题曲叫《阿妈》，还有很多大学生参与录制的《年少的荣耀》，还有写了一首专门在开车的时候听的《小人物》。

没有钱请老师教我乐理知识，但是我也在不断地学习。从刚开始学习简单的吉他和弦，到现在懂得如何合理地编配一首流行歌曲，虽然不够娴熟，但是我还在不停地努力。

后来很多人问我，怎么写歌，怎么编曲。我说你们问我这个问题，就相当于我拿着不同颜色的口红问我奶奶，这是什么颜色。

很多人在网上买很多课程，比如《七天音乐速成课》《三个方法变成音乐大师》等，想着一觉醒来就可以成为下一个贝多芬、肖邦，却忽略了他们背后的努力。

我一直都告诉自己，七天实现不了梦想，实现梦想只有一种办法，就是坚持下去。

我喜欢这个世界上有音乐，但是我并不喜欢这个世界一些不成文的规则。

直到现在很多人都在笑话我，说我一点乐理知识都不懂，不配接触音乐，甚至把矛头指向了我的家人。

我就特别不明白，为什么不懂乐理就不可以唱歌。难道我拿着键盘就必须站在道德制高点吗？

没人规定黑夜里不能唱歌，泥巴里不能起舞。

我看到道德制高点有人，我可以仰视，但绝不会跪下。

02.
泥巴里头勇敢起舞

　　说起音乐，肯定离不开音乐的兄弟，舞蹈。

　　说起舞蹈就想起了自己在高中的元旦文艺演出，当时我现在的媳妇儿也在台下看着我，我穿着皮夹克，脚踏平板鞋，非常潇洒地跳着我自编的鬼步舞，她在台下一脸花痴地看着我。

　　刚滑两下，脚下红布打结了。

　　即使当时穿的是滑板鞋，在上面也滑不起来，因为没固定的红布啊。于是我越跳红布越紧凑，到后来实在滑不动了，偌大的红布已经一大半聚集到了我身后。

　　我心想这样不行啊，于是灵机一动站在原地双手一扬，临时编排了一段机械舞。大家本来想看我笑话，没想到被我的多才多艺轻松化解了尴尬。

　　台下顿时响起了雷鸣般的掌声。

　　前半段还挺顺利，机械舞顺势转为地板舞，我自信地在台上挥洒着自己的青春，随着音乐的结尾，想以一个帅气的kick结尾，结果用劲过猛脸着地了。

我双脚朝向天空,心想向后翻肯定会暴露自己的失误,向前翻可能背部着地,吐口血就更完了。

于是我一不做二不休,吐血就吐血吧,紧接着一个前滚翻。

滚下了舞台……

主持人在舞台那边,我在舞台这边,我俩互相看着对方。

我在等着他上去给我收个尾,他在等着我再翻上舞台。

舞蹈是我一直以来的梦想。小时候当我在同学家里,看着电视机里的那些人跟随着动次打次的节奏,像猴子一样上蹿下跳的时候,我心想,这都能上,那我也能上。

从刚开始家里的三亩地,到后来学校晚会上的红布,再到高考走艺术方向的选择,我距离更大舞台的梦想越来越近。

因为高考选择了学艺术,所以高三前半年会去在太原培训。那会儿大家每天过着特别痛苦的日子,试想一下,没有舞蹈基础的人,硬是要把胯拉开是什么感觉?

但是一起练舞蹈的兄弟高兴呀,他们看着你越痛苦,他们越高兴。我第一次求人就是在那时候,我的腿都快被压成负角度了,他还在开心地给我加大马力,旁边两人控制住我的双手,我一把鼻涕一把泪地求他放我一马,他跟打了鸡血似的,站我腿上蹦高高。

后来轮到我的时候,看着他求我的样子,我的心情跟过年似的,我越蹦越开心,他却哭得撕心裂肺的。嘿,开心。

当他挺着红肿的脸重新站我身上的时候,我的世界崩塌了。

就在我挺不住、闭着眼睛感觉快要晕厥的时候,忽然脸上一阵刺痛，我猛地睁开眼睛，看到他不知道使多大劲，在那儿甩手。

他打的那一下，你别说，还挺得劲儿，胯不疼了。

那会儿学舞蹈能开小灶儿，不过得掏钱。可以学后手翻、后空翻、侧空翻、前空翻，但是学一样就得给二百块钱。

我特别想学，但是我没钱，家里送我过来学舞蹈，已经掏空了家底。

于是我便自己研究，学舞蹈就是在跟自己的身体做对抗，得让思想控制身体，身上疼也不能放弃。我那会儿就在想，多会一个技能，爸爸就能少种一个星期的地。

就是因为骨子里面穷在作祟，所以我有坚韧的性格。

受伤最严重的一回，是我的腰部肌肉拉伤。我偷偷地学老师教同学的侧空翻，方法不对导致受伤，但这次是我唯一一次没用手成功完成了侧空翻。

所以我也找到了诀窍，就是放开身体，不怕受伤的话就大胆放心地试，总有一个方法是对的。

于是我在众人羡慕的眼光中，成功地练成了侧空翻、后手翻、旋子360°。花了钱的人都没学会，我硬是摔会了，而且没花一分钱。

但后空翻实在没敢试，我怕家里白发人送黑发人。

虽然后来没上大学，但是在部队里面，我也很荣幸地成了一名文艺队骨干，凭借着侧空翻和旋子360°在单位里面尽人皆知。

遗憾的是，体能训练让我的身体越来越硬，直到旋子360°过不去的时候，才发现，自己已经不再年轻了。

第一回失误之后，我心里很难受，空闲的时候在靶场找了个空地，来来回回地试了一个小时，就是完成不了这个动作。

当时只有一个想法，就是挺对不起爸妈，毕竟花了那么多钱。

可是我并不后悔啊，虽然没有站上理想中的舞台，但是我珍惜这个艰难的过程。

几万人的舞台和小区楼下广场并没有本质区别，因为我的梦想，跟任何人没有关系。

我在哪里，舞台就在哪里。

03.
墨水理应有温度

  我还有个写小说的梦想。很多朋友说我高考289分,语文占一半,其实这并不准确。高二的时候语文老师每次都能给我的作文打高分,说我写得有意境,高三的时候那个语文老师就老不给我分,说他看不懂。

  也难怪,高三我想成为王羲之一样的男人。

  每次写作文我都有很多想说的话,所以很多时候都会把字数写超很多。

  我从小就很内向,我喜欢沉浸在自己的世界里面,用各种各样的方式来表达我对这个世界的感受。

  高中的时候,老师不让看小说,课本上的文章又太枯燥,索性就自己写小说,结果引得大家传着我的本子看。

  天天都有人围着我,问我然后怎么样了。

  我说,我不知道啊。

  他们又问,你写的你不知道吗?

  我说,你知道以后你会成为什么样的人吗?以后会过怎么样的生活吗？

　　我讨厌一成不变的剧本，今天就可以看到明年的生活，而我喜欢人生的随机性，就像我写的小说，每个人都不知道自己会遭遇什么，只有在迷茫的状态下横冲直撞，才能明白什么是自己真正的人生。

　　前段时间我想看看之前写的小说，找了半天找不到。我妈说，我的小说和高中的课本放在楼上占地方，都被当废纸卖了。

　　至今唯一留存的只有当兵住院时写的《噩梦二十一天》手写初稿了。故事发生在我们小队在荒郊野外魔鬼训练的二十一天，也是在这次集训中我差点丢了小命。

　　读的时候依然可以回想起当时的感受，痛苦、绝望、垂死挣扎，每天都是在深渊的边缘，拼命地向前迈着步子。

　　如今回想起来，特别感谢单位对我的磨炼，跳伞、潜水、滑雪、特种驾驶、爆破、机降、侦查引导、网络侦攻、狙击等等，每次说出来的时候，身边人都会特别羡慕。

　　但是对我来说最重要的是，经历过的一切磨炼，让我变成了打不死的小强，而小强的梦想就是变得更强。

　　是经历告诉我，梦想不是技术，而是艺术。

　　回家之后，我写过很多文章发表在公众号上，也写过几篇小说，但都没有完结，现在回去读一下，自己也觉得很好笑。

　　其实文字这东西很神奇，它可以承载记忆、安抚情绪、传承情感、激发斗志等。我之所以喜欢写各种各样的东西,是因为每次写出来的文字,都是自己的心路历程。

我在部队的时候,做过几年新闻报道员,这是一项左肩传递真实、右肩记载历史的重任,用眼观察百态,用笔还原真相。我每天规划、排版、修改、总结,这么一看,还真像我们的人生,知道自己的目标,为自己安排好向前走的步骤,改正存在的问题,做完每件事情后要及时复盘。

我深知文字无声,却振聋发聩。也许我不经意写出的一句话,会影响别人的一生。那些力透纸背的方块字,不该是冰冷的伤害,而该是温暖的安慰,不该假意虚情,而应该炽热真诚。

一笔一画,写尽责任与担当。

04.
揣着六便士看月亮

回家之后写了很多东西,后来我想,文字虽有力,但视频冲击力更强,不如把我想表达的都拍出来吧。

于是我把我对这个世界的看法变成了一个个短片。起初因为没有钱,所以每部短片的预算只有我们几个吃饭的钱。

我们陆续拍了高价彩礼,拖欠工资,反诈,父爱母爱,键盘侠对社会的影响,爱情里的现实。那会儿我们几个都年轻,但是后来由于家里人的不理解,认为干这个挣不了钱,所以最终大家散伙了。

虽然我知道做这东西的过程很漫长,最后还有可能一无所获,但是既然已经在路上了,那就坚持一下。传播需要时间,如果历尽千辛万苦做出来的东西,能影响看到的人,哪怕只有一个人,都不算失败。

虽然后来的生活还是一地鸡毛,但是当我看到评论留言和私信,很多朋友写下的一些感悟和反省,以及在视频里发现的细微的情感,那时我觉得这一切都值了。

一千个读者有一千个哈姆雷特，有时候会受到无缘无故的攻击，也会很生气，但是当很多人都在说，你做得很好，你要坚持下去的时候，我就知道，所有的磨难都会是我的玫瑰。

后来有了一点钱之后，逐渐想做更正规的短片。我也结识了很多业内人士，他们都在帮我提意见和建议，都在扶着我往前走，也有很多人想提供资金方面的支持，但是我都拒绝了。

因为班长告诉过我，有多大脚穿多大鞋。

面对他们给我提供的帮助，我并不能给他们带来相应的回报，所以在自己还没能力站起来的时候，就不要踩着别人的肩膀往上爬，因为就算站得再高，也是跪着的。

他们告诉我设备要怎么架，录音、化妆、道具要怎么弄，剪辑、特效、剧本、宣发，几百万就能拍出来大片子。我一阵恍惚，浑身上下都拿出来，能拍片子的也只有脊椎了。

我也曾被坑得很惨，因为动了别人的蛋糕，被打压过，也被很多很多人诅咒、辱骂、胁迫过，但是我明白，这些人对我何其重要。

帮助过我、拖着我、将我举过头顶的人，是我的恩人，但是阻拦我、推倒我、踩着我的人，叫作贵人。

恩人和贵人缺一不可，前者是我冲向前路的明灯，后者是促我成长的利刃。

在前进的道路上，我们会遇到很多艰难的坎，其实这些坎，都是老天安排给我们的。

如果这些坎让我们明白了一些道理，那它很快就会过去；如果明白不了，那我们就会永远停留在这里。

我坚信，所有的事情降临到自己头上，必有其用。

尽管每个人的人生不一样，但一切都是最好的安排。

今天，我没有变得很好，但是也不是很差，我依然在梦想的路上不停追逐。很多人说你这么多梦想，就是在扯淡。

但是我理解的梦想，并不是音乐、舞蹈、写小说、拍短片。站上更大的舞台或者变成万众瞩目的人，都只是我的梦想的一部分。

我的梦想，是成为更好的自己。

十八岁的时候，我有了自己的第一个梦想，那天的微风吹走了我的童话。

我听到知了并没有唱歌，身后的影子也不是我的守护神。

远处村口的大黄狗说，你以后会买一双属于自己的AJ吗？

我看了看脚上印着AJ的布鞋，笑着说：

我不用买，我一直都有。

当我即将离开承载着我第一个梦想的地方时，我想再看一眼我梦想开始的地方，回头发现大黄狗并不在村口。

原来，那只大黄狗，是十八岁的自己。

这是一封写给十八岁的信，从那之后，虽然经历了很多当时没有想过的事情，变成了另一个自己，但是我从来都没有忘记过十八岁那天，我默默告诉自己的秘密。

那将会成为我一辈子将要履行的承诺，并且会为此一直奋斗。

所以，你还记得自己曾经的秘密吗？

趁着今天，给十八岁的自己写封信吧。

十层人间

第十层

我在人间
找自己

* * *

  我想离开浪浪山,并不是因为我有十足的把握,成为有出息的小猪妖。是因为我知道,不离开浪浪山,我肯定会没出息。

  家里的老人常说,走出大山就是出息。

  于是我们满怀期待走出了浪浪山,可是又能怎么样呢?

  如果每个人付出都有回报的话,那付出该去哪里?

* * *

01.
起跑线

妈妈得了癌症之后，我才明白，对于普通的家庭，柴米油盐之外任何一件普通的事情，都是跨越不了的灾难。

但无论在哪个年龄段，我们都要做对得起自己、对得起家人的事情，哪怕活得水深火热。

《农药治不了穷病》视频发出去之后，获得了很高的关注度。无论是视频评论区还是大家发给我的私信，都让我看到了满满的人间情感和真实。虽然只是平凡的生活，但是我们要知道：平凡的生活最伟大。

我们很大一部分人都不是含着金汤匙长大的，所以努力便成了贯穿我们一生的主题。但是试想一下，我们的未来还很长，虽然十年很长，五年很长，一年很长，但是换算成小时、分钟、秒的话，会是个令人惊讶的数字。

所以要珍惜我们当下的每一秒。

即使最后没有得到我们想要的答案，至少我们努力过了。

我一直都告诉自己：没做过的后悔，会比做过之后的后悔，更令人后悔。

世间走一趟，总会归于尘土，要么平凡，要么疯狂。

02.
天下父亲的养老梦

写爸妈的时候是我最难的时候,我不敢写,因为我怕我的文字写不出他们的伟大。

但是当我想到会有很多小朋友能看到视频的时候,又会促使我拿起笔。当我看到有人会想给爸妈打电话,想给爸妈送个礼物,今年无论如何也要回家的时候,我知道这应该就是我努力的意义。

关于爱情,爸爸这辈子没给妈妈说过一句俏皮话,但是他能在死神手里夺回挚爱之人,就是这世间最深情的告白。

关于家庭,他开大车拉了一辈子煤,会被大家嫌弃脏,但是在我心里,黑色,是这个世界最纯洁的颜色,而脏,是最干净的爱。

这篇文章中,我想劝大家善良,对我们所见到的每个爸妈都能温柔以待,因为或许我们帮助过的爸妈中,就会有我们的爸妈。

正向循环的善良,迟早会降临到自己头上。

我们的爸爸虽然从事着不同的职业,有着不同的家庭环境,但是对于我们,他们用最平凡的生活,创造了我们的神话。

十层人间

  我们的爸爸没有优越的背景，雄厚的资金，将我们送去耀眼的殿堂，但是他用最朴实的行动，粗糙的双手，将我们托举过了他的肩膀。

03.
我在天上挑妈妈

不同于爸爸的沉默寡言，妈妈很严厉，小时候我挨了不少打，"不打不成材"嘛。

虽然我们曾经想离她很远很远，却也会在本该展翅翱翔的十八岁，在宿舍关灯后想妈妈。

后来她得病之后，她怕浪费钱不想治了。

当她说出不想治了我还没有结婚的时候，我又想起来我曾劝爸爸和她离婚，那会儿我努力想让她离我远点；可如今她好像真的要离开我了，我却想拼命地想把她留住。

我想让她见证我的美好，而不是用她来换我的美好。

当我说出我这辈子最遗憾的事情，是在天上挑到了妈妈，很多人说你都没活完一辈子，就敢说这辈子最遗憾的事。而且怎么就遗憾了呢？

我想说，就算是我走到了这辈子的尽头，这也是我最遗憾的事情。因为如果没有我，她也不会这么快，就老了。

04.
爱情属于两个人，而不是六个人

这个主题的视频做出来直到现在，或者大家看到这本书的话，依旧有人质疑，说没有钱就没有爱情。

我们向往更好的生活没有错，因为我们想让家里有幢楼房，有辆奔驰，孩子能上更好的学校，穿得起更好的衣服，在亲朋好友面前抬得起头。

但是要搞清楚，这些东西只是我们的物质生活。

对于生活的追求，不要让爱情背锅。

一张结婚证代表不了爱情，房子车子也代表不了爱情。

所有支撑不了爱情的现实问题，永远是双方感觉不公平，谁对谁不好，谁没谁对这个家奉献得多，谁没给谁想要的生活。

其实我们都明白，但就是不愿意承认：美好的生活是我们一起奋斗得来的。

爱情是两个人共同欣赏世间美景，是共同面对狂风暴雨，而不是我站在你身后，也不是我负责漂亮，你负责养家。

我们要换位思考，当我们处在对方的位置，会怎么想怎么做，这样我们才能越走越近。如果一个人勇往直前,一个人原地踏步,那我们还怎么互相搀扶着往前走?

真正的爱情是爸妈教会我的,是两个相濡以沫的灵魂,搀扶到生命的尽头。而那些跟钱扯上关系的爱情,终究不是纯粹的爱情。

爱情是依附,而不是吸附。

05.
愿世间再无"扶弟魔"

哭，谁都会。我小时候就是因为会哭，所以得到了许多爱。

但是姐姐呢，不会哭，所以现在才想要弥补回来。

每个人都会有不懂事的时候，但是当我们终于懂事了的时候，教会我们懂事的人，却不在身边。

这篇文章呢，是想让看到这篇文章的，同样被爱包裹的孩子们，一定要尽快懂事。

不要等到弄丢了第二个妈妈之后，才敞开怀抱。

同时这篇文章也想表达"大的要让着小的"这个观点的不合理性。

"大的要让着小的"并不是教育孩子的"圣经"，也不值得被歌颂。

所以如果有两个孩子或者更多孩子的家庭，请父母一定不要把爱都留给其中的一个。

是个孩子，都需要被爱，需要来自爸爸妈妈的爱。

06.
爷爷说，以后过年别回家了

后来想写关于隔代亲的故事，关于爷爷奶奶，其实我真的没什么话可说。小时候去到他们家，说得最多的话就是，"我要出去玩了"。

我们之间的距离可不仅仅隔着一辈人，而是隔着整个世界。

奶奶骂天骂地骂空气，从来没骂过我，并不是害怕我不养她，是害怕我不理她。

爷爷无论多生气多难过，看着我的时候总是在笑。我非常谢谢爷爷的这个举动，因为直到现在我的记忆中，都是爷爷满脸笑容的样子。所以当我不开心的时候，我会想想他。

奶奶躺在棺材里的时候，是她这辈子最安静的时候。

她还是一句话没说，不知道是不是对我们失望。

所以有些事情一定要在活着的时候做，因为人死了之后是听不见声音的。

爷爷不在的时候，我把爷爷留给我的遗产三百四十块钱买了条芙蓉王，我一根一根地点着，眼看着它们一根一根地化为灰烬，就好像爷爷的痕迹从我的生命中一点一点地消失。

所以我写这篇文章的目的，就是希望大家有机会的话，能陪陪家里的老人。他们这辈子，除了我们，没有更值得牵挂的东西了。

07.
我的奇迹兄弟

　　起初是看到了某些专家说，中国平均每个家庭都有三百万存款，为了这个话题，一些网友跟我杠了一个星期，我就在想我又不是杠杆。

　　在现实中，有很多像奇迹那样的人，成长于单亲家庭，从小到大受尽欺负，不被人理解，性格孤僻。

　　或许是环境对他的影响，导致他的性格变得直来直往，不会拐弯抹角，也不圆滑，于是遭受了很多不公。但是我想问，什么时候忠厚老实变成了原罪？这在爸妈那个年代，可是相亲的必要条件呢。

　　有句话说，善良的人注定发不了财。

　　我不同意这句话，因为在善良的人的眼中，有比钱财更重要的东西，所以想发财的人可以不善良，但是善良的人绝对不会放弃善良去选择钱财。

　　所以请不要把钱财和善良挂钩。

在奇迹的那期视频里面,有网友看到之后,想要实际帮助奇迹。我们非常感谢这些朋友的好意,但是每个人的人生轨迹不同,靠自己双手奋斗出来的才是自己的。

所以我并不知道"专家"是如何得出来的数据,但是如果现在问我的话,即使全世界都来杠,我依然会在"专家"和奇迹之间,选择相信奇迹。

08.
凌晨的街头与朋友圈看不到的世间百态

  以前的凌晨灯火通明，是人们崛起的光；现在的凌晨星光点点，是我们手机发出的光。

  在我们熬夜打游戏刷手机到凌晨时，我们可以尝试去街道上走走，或许凌晨的街道并不是我们想的那样。

  我们也不能因为身处某个阶层，就抨击或评价另个阶层的人，在人间的这场修行中，我们都是修行者。

  无论是夜市老板还是环卫工，我们都在为了更美好的生活而努力，为了家人而奋斗。

  他们让黑暗中充满着人间烟火，纵使经历狂风暴雨，也没有因为生活的劳累而停下脚步，而我们呢？

09.

穿着布鞋的人,怎么实现梦想?

我们都有梦想,有的人在追逐的路上,有的人为了生活遍体鳞伤。

当我们说出自己的梦想的时候,长辈们会告诉我们:你们长大了,该干正事了;身边人会说:你别幼稚了,认清现实吧。

在追逐梦想的路上,或许我们都会经历现实的磨难,但是没人规定黑夜里不能唱歌,在泥巴中不能起舞。

有人会在菜市场练球,有人会在工地说唱,有人在办公室埋头苦干却心系远方,有人在工厂拧螺丝却怀揣崇高理想。

我们都是自己心中最失败的人,既然都这么失败了,那还害怕什么?勇往直前之后,再大的失败也好过现在。

每次迷茫的时候,我都会问自己,还记得十八岁的自己吗?

或许在我们前进的道路上会遇到很多阻拦的人,想让我们陷入深渊的人,但是别怪罪他们,一定要感谢他们。

那些帮助过我托着我将我举过头顶的人,是我的恩人,那些阻拦我推倒我踩着我的人,才叫作贵人。

前者是助我成长的明灯，后者是促我成长的利刃。

所以这篇文章，就是想告诉踌躇不定的你：

有梦，就做，万一实现了呢？万一是一，不是零。

10.
我在人间找自己

做这个合集曾被很多人质疑，说我在歌颂苦难。

但是我想，没有人会永远活在阳光之下，活在虚幻的世界当中。

苦难也当然不值得被歌颂，只不过世路崎岖，总要学着认清现实。

所以十层人间最后一个主题，就是看到这里的你与自己握手言和。

或许我们此时此刻正在经历着人生中的泥沼，但是我们一定不能迷失自己，人间只有一层，就是我们所能看到的真实的世界。

十层人间中的主题虽然都不相同，但是每篇都会体现出最重要的核心思想，就是希望。

或许我们手里已经拿好了农药，但是经历过了这么多的悲欢离合，酸甜苦辣，爱恨情仇，今天也该放下了，然后想想即将变好的明天。

回到自己的人间，给自己一个希望，告诉自己：上场没有退路，人生没有落幕。

我还在路上，你呢？

谢谢你，历经千辛万苦，跨越悲欢离合，跟我一起来到《十层人间》的最后一层：

真诚且善良地做更好的自己。

走过十层人间,依然向上而生。

纵然生如草芥,终不甘潦草而活!